Toni Sala Zwischenland

Toni Sala

Zwischenland

Roman

Aus dem Katalanischen von Monika Lübcke

A1 Verlag

1

In dem Moment, in dem der Zug anhält, klingelt sein Handy. Er holt es aus der Tasche, lässt es aufs Gleis fallen und steigt in den Zug. Ohne Schlüssel und ohne Handy ist die Tasche nicht so schwer. Jetzt sind nur noch ein paar Münzen drin, das Wechselgeld für die Gäste.
Dieser Nahverkehrszug war sein Leben lang seine Uhr. Alle zwanzig Minuten spürte er das gleiche Vibrieren unter den Füßen. Jetzt vibriert es pausenlos.
Der Mann ist um die vierzig. Ihm gehört eine Bar zwei Straßen vom Bahnhof entfernt. Das Meer, der Sand, die Gleise, der Bahnhof, die Häuser: So würde er seine Stadt beschreiben.
Wenn er vor die Bar trat, konnte er zwischen den Häuserblocks den Bahnübergang sehen. Er sah die Fenster vorbeifahren, nach Norden oder nach Süden. Sie füllten die leere Stelle zwischen den Gebäuden an der Strandpromenade.
Die Strecke entlang der Ostküste, eine der meistbefahrenen der Halbinsel. Die Züge wie S-Bahnen, unbequem und ohne Abteile, mit harten Plastiksitzen. Langsame, funktionale Züge. Sie transportieren die Herde, die die Hauptstadt in Bewegung hält. Die Arbeiter des Ballungsraumes.
Bei der Durchfahrt ersetzte eine weiß-rote Linie den Horizont. In der Dunkelheit konnte man die

Fahrgäste im Zug sehen. Zwei Minuten vor und zwei Minuten nach dem Vibrieren marschierten sie an seiner Bar vorbei, wie ein Echo oder eine Ankündigung.
Jetzt, Ende Februar, zu dieser späten Stunde, sind die letzten Züge halb leer. Die Arbeiter sind schon daheim, bei der Familie, und sitzen bei laufender Heizung vor dem Fernseher auf dem Sofa.
Die Abendzüge sammeln die Reste ein. Auf diesem Bahnhof ist der Mann der Einzige, der einsteigt.
Die Tür schließt hinter ihm. Aus den Lautsprechern tönt ein Violinkonzert. Im Waggon sitzen vier Personen. Er überlegt, wo er sich hinsetzen soll, kann sich nicht entscheiden.
Ein junger Mann mit Dreitagebart folgt ihm mit seinem Blick; er lümmelt auf einem Sitz, seine gebeugten Beine bilden ein spitzes Dach, die dreckigen Sportschuhe mit langen, schlampig geschnürten, schmutzigen Schuhbändern stehen auf dem Sitz gegenüber. Als seine Augen ihm nicht mehr folgen können, dreht er den Kopf nach ihm um. Im Wagen sitzen außerdem ein junger Schwarzer mit roter Wollmütze und ein altes Ehepaar, wortlos, mit gesenktem Blick, als kämen sie gerade aus dem Krankenhaus.
Er öffnet die Tür zum nächsten Wagen. Hier sitzen mehr Leute. Die Heizung ist voll aufgedreht, sodass er sein Hemd öffnet und noch einen Wagen weitergeht. Er ist ziemlich weit vorne eingestiegen und kommt nun zu den ersten Wagen, die

beim Halt des Zuges am weitesten vom Bahnhofsgebäude entfernt waren. Ein Mann schläft schnarchend. Vielleicht ist er deshalb allein im Wagen. Im ersten Waggon ist ein junges Pärchen. Niemand sonst. Sie sitzen in der vordersten Reihe. Wegen der Musik kann er nicht verstehen, was sie sagen.

Der Mann setzt sich. Er ist es gewöhnt, den Unterhaltungen in seiner Bar zu lauschen, aber dem Gespräch dieses Pärchens zu folgen, fällt ihm schwer. Die Geräusche in der Bar hatte er vollkommen unter Kontrolle, als wären es Geräusche in seinem eigenen Körper. Er wusste genau, wann er näher an eine für ihn interessante Unterhaltung rücken musste und wann er eine diskrete Beschäftigung suchen konnte, weil das Geräusch aufhörte, das ihn daran gehindert hatte, einem Dialog zu folgen: ein Song aus dem Radio, die Kaffeemaschine oder ein lauter werdender Gast. Ohne die schlechte Angewohnheit zu lauschen, säße er jetzt ruhig zu Hause beim Abendessen am Küchentisch, im Raum hinter der Bar, während seine Frau sich um die Gäste kümmerte.

Stattdessen ist er hier, in diesem Zug, den er zuvor millionenfach hatte vorbeirattern hören.

In einer Bar reden die Leute lauter als in der Bahn. Es sind viele, und manche haben getrunken. In einer Bar schult man den Blick und die Stimme. Man muss nur die Ohren spitzen

können. Nach einem Vierteljahrhundert entgeht einem nichts mehr.
Hinter dem Tresen ist Schweigen wichtiger als Zuhören. Man darf sich nicht in die Unterhaltung der Gäste einmischen, außer bei den üblichen Gesprächen über Fußball oder Politik. Oder wenn man mit Blicken dazu aufgefordert wird. Aber Schweigen ist eine intensive Art, dabei zu sein.
Zwischen den Gästen und dem Mann hinter dem Tresen gab es eine Art stillschweigendes Vertrauen, wie das zwischen Gläubigen und ihrem Beichtvater oder zwischen einem Patienten und seinem Psychiater. Nicht dass es den Gästen egal wäre, ob er zuhörte oder nicht. Er war sich sicher, dass sie es wollten. Manchmal, wenn er einen Tisch bediente, unterbrachen sie ihr Gespräch und warteten, bis er hinter dem Tresen war, ehe sie den Faden wieder aufnahmen.
So hatte er vieles erfahren. Er hatte das Leben seiner Gäste verfolgt, des Klempners mit seinen Antidepressiva; das der Arbeiter von Riasa, der Beschilderungsfirma von gegenüber, Jugendliche, die es kein Jahr bis zur Hochzeit aushielten und kurz danach über die üblichen Eheprobleme redeten oder schwiegen; der beiden Makler, deren Hände sich auf dem Tresen genau einen Augenblick lang berührten, damit er es sehen konnte; und von den Dutzenden, die in der Nähe wohnten und einfach hereinspazierten, um einen zu trinken, aus Gewohnheit oder Langeweile oder wegen der dicken Luft zu Hause. Das war sein Leben. Das war sei-

ne Arbeit hinter dem Tresen. Wie zwanzig Filme gleichzeitig sehen. Doch nun reichte es.
Es ist genau fünf Tage her. Er hatte sie noch nie gesehen. Einer trug einen Anzug, ein dicker Mann mit schwarzem Bart, man hätte sich ihn gut mit einer Zigarre zwischen den Fingern vorstellen können. Der andere war ein Arbeiter mit einer dünnen, rötlichen Gesichtshaut. Er trug einen goldenen Ohrring und Arbeitskleidung, das, was man Alltagskleidung nennt, bei der es egal ist, ob ein Knopf fehlt. Als er die beiden eintreten sah, sagte er sich, dass solche Männer sich nicht zufällig zusammentun. Und als die beiden wieder draußen waren, wartete er einen Augenblick und stürzte dann hinter dem Tresen hervor, um den Tisch abzuräumen. Er hob eine Papierserviette vom Boden auf, strich sie glatt, faltete sie und steckte sie in die Tasche. Dann wischte er den Tisch ab. Auf dem Holz konnte er noch die glänzenden Linien sehen, die der im Anzug mit dem Zeigefinger gemalt hatte, Spuren zwischen verstreuten Zuckerkrümeln.
Auf der anderen Seite der Scheibe sah er den dunkelblauen Audi mit den schwarzen Ledersitzen wegfahren. Der Bärtige im Jackett saß am Steuer. Der mit dem Ohrring folgte ihm in einem weißen Lieferwagen mit Laderaum ohne Fenster.
Sie waren zufällig in seiner Bar gelandet und hatten sich an einen Tisch in der hintersten Ecke neben den Spielautomaten gesetzt, dort, wo es am lautesten war, weit weg von den anderen Tischen, aber dicht genug am Tresen. Wie ein Chirurg beim

Sezieren hatte er die Musik des Spielautomaten von der Unterhaltung der beiden Männer getrennt. Er kannte diese Automatenmusik mit ihren Lücken so gut, dass er der Unterhaltung ohne Schwierigkeiten folgen konnte. Ein Whisky für den Bärtigen im Jackett mit der Golduhr, ein Bier für den anderen. Der Bärtige holte einen Füllfederhalter aus seiner Jackentasche, zog eine Papierserviette aus dem roten Serviettenspender und malte Vierecke darauf. Häuser. Einen Weg. Zwei Quadrate am Ende des Weges. In eines der Quadrate machte er ein Kreuz. In das andere malte er einen Kreis. Er hörte das Wort: Leuchtturm. Der im Jackett hielt den Füller beim Zeichnen etwas schräg. Er glitt über das dünne Serviettenpapier. Dann malte er energisch mit dem Zeigefinger Linien auf den Tisch. Er schien allein in der Welt. Er skizzierte den Grundriss eines Hauses.
Sie bestellten noch eine Runde. Feierten etwas. Der mit dem Ohrring lächelte. Er krempelte den Ärmel seines alten Pullovers hoch und schaute auf die Uhr, eine schwarze digitale Kunststoffuhr, vom Markt.
»Freitag früh bei dir.«

Die Beobachtung der anderen in der Bar hat ihn gelehrt, sich über nichts zu wundern. Am wenigsten über sich selbst. Deshalb schickt er sich in sein Los. Nichts befremdet ihn mehr. Es ist schwierig, gegen sich selbst zu handeln.

Erschöpft ist er an diesem Punkt angekommen. Er hätte es keine zwei Tage länger ausgehalten.
Aber es hätte schlimmer kommen können.
Einer seiner Gäste, Raucher und Alkoholiker, sagte einmal:
»Ich trinke, um nicht loszuheulen.«
Er war Unternehmer und importierte Elektrogeräte für die Hotelbranche. Am Tage war er ein Verkäufer, wie er im Buche steht. Vielleicht wusste seine Frau als Einzige, was er abends trieb, nachdem er die Rollläden heruntergelassen hatte. Am nächsten Morgen stand er wieder in seinem Laden. Er fehlte nie. Manchmal rief ihn ein Kunde an, wenn er betrunken am Tresen stand. Die Geschäfte holten ihn vollständig aus seinem Rausch. Er richtete sich auf, öffnete die Augen, wischte mit seinem Arm über die Stirn, als hätte er den Kunden vor sich. Die Farbe wich aus seinem Gesicht. Seine Augen schauten wach, und er antwortete mit sicherer Stimme:
»Keine Sorge. Wir kommen gleich morgen früh zu Ihnen und bringen das in Ordnung. Machen Sie sich keine Gedanken.«
Er hatte gesagt, er trinke, um nicht loszuheulen.
Doch gleichzeitig lagen auf dem Tresen neben dem Glas seine Zigaretten mit dem Feuerzeug drauf. Er hatte ihn nie ohne eine brennende Zigarette in der Hand gesehen.
»Ich rauche, damit ich weniger trinke«, hatte er auch gesagt.
Und das war sein Tod.

Zwei Tage vor der tödlichen Gehirnblutung besuchte er ihn im Krankenhaus.
Der Verkäufer griff nach seinem Arm:
»Besser so, als dahinsiechen«, sagte er zu ihm.

Was ist passiert?, fragen die Gäste. Seine Frau versucht sich in Erklärungen. Niemand kann es sich erklären. Was kann ihm zugestoßen sein? Er spielte jede Woche mit ein paar Gästen Lotto. Manchmal gewannen sie. Einen kleinen Betrag. Die Lottoanteilscheine hingen an der Wand hinter dem Tresen. Jeden Freitag dachte er: Und wenn sie gewinnen würden? Würde er mit dem Geld abhauen? Gab es einen Grund, es nicht zu tun? Die Beziehung zu seinen Gästen? Er kannte sie zu gut. Es gab ein Abhängigkeitsverhältnis. Das quälte ihn.
Jetzt stehen sicher viele von ihnen am Tresen und fragen seine Frau, was geschehen ist. Der eine oder andere kann sich das sicherlich denken. Die Lottoanteilscheine, im Zickzack wie ein Akkordeon, hängen weiter hinter dem Tresen, werden vom Boden der Ginflasche gehalten. Zehn Zehntel, die auch morgen nicht gewinnen werden.
Nicht einmal die Kasse von heute hat er mitgenommen. Er hat das Lokal einfach seinen Gästen überlassen. Bei laufendem Fernseher, mit eingeschaltetem Spielautomaten, gefüllten Kühlschränken, dem Computer am Netz. Wer weiß, wie lange der eine oder der andere heute in der Bar blei-

ben und seiner Frau Gesellschaft leisten wird. Er hat ihnen häufig Gesellschaft geleistet, oft in sehr schlimmen Momenten. Denselben Gästen, die seine Frau benachrichtigt haben. Sie sind hinter den Tresen gegangen, haben nach dem Hörer gegriffen und sie angerufen. Sie wussten sogar die Telefonnummer. Er hat gesagt, er sei gleich wieder da, doch jetzt ist schon mehr als eine halbe Stunde vergangen und er ist noch nicht zurück. Sie hat ihn sicher sofort von zu Hause aus angerufen. Deshalb hatte er ja ein Handy. Für den Fall, dass ein Gast das Telefon besetzte. Um nicht vom Telefon am Tresen abhängig zu sein. Um es zur Hand zu haben, in der Tasche. Oder für den Fall, dass er weder zu Hause noch in der Bar war. Das Handy liegt jetzt auf den Gleisen.
Mittlerweile ist es eine Stunde her, dass er seinen Posten hinter dem Tresen aufgegeben hat. Es reicht nicht, im Lotto zu gewinnen; man muss es im richtigen Moment tun.

Das Pärchen ist noch keine zwanzig. Sie schwatzen, lachen und knutschen. Er gibt ihnen eine Geschichte. Draußen ist es kalt, sie besitzen kein Auto, sie sind jung. Sie waren in Barcelona und sind jetzt auf dem Heimweg.
Der Zug hält. Abrupt stehen sie auf, laufen zur Tür, öffnen und springen auf den Bahnsteig. Lachend reiben sie sich die Hände und rennen davon. Die Türen schließen.

Er wischt mit dem Ärmel ein Stück Scheibe frei. Der Zug fährt parallel zur sanft gewellten Küste. Durch das Fenster auf der einen Seite sieht man das schwarze Meer mit den funkelnden Punkten der Fischerboote. Der Himmel hängt schwer wie ein Vorhang kurz vor dem Fallen. Der Wetterbericht hat Regen vorausgesagt.
Dann und wann sieht man durchs Fenster einen kleinen Hafen, einen Yachtclub mit schaukelnden weißen Booten auf dem öligen Meer. Auf der anderen Seite ziehen Orte vorbei, in der ersten Reihe Häuserblocks, dahinter die Berge. Es ist plötzlich dunkel geworden. Hinter einem Wolkenschleier steht der Vollmond. Sein Schein bildet einen verschwommenen Kreis am gelblich dunklen Himmel. Einige Minuten war das Aufblitzen eines Leuchtturms zu sehen. Jetzt ist er wohl zu nah.
In den kleinen Städten stehen neben den Gleisen noch niedrige zweistöckige Häuser. Fenster leuchten aus den weißen Fassaden. Manchmal sind die Vorhänge zurückgezogen und die Rollläden oben. Der Zug fährt so dicht an ihnen vorbei, dass man das Innere genau sehen kann. Eine Stehlampe neben einem Sessel, eine Mutter, die das Abendessen auf den Tisch stellt, ein laufender Fernseher. Menschen wie Ameisen in Würfeln.
Der Zug fährt nun durch einen kleinen Tunnel. Danach verläuft das Gleis parallel zur Straße, ein paar Autos fahren in der gleichen Geschwindigkeit wie der Zug. Ein Mann am Steuer redet mit der Frau auf dem Beifahrersitz. Sie streiten sich.

Der Fahrer hebt den rechten Arm und öffnet die Hand, als wolle er die Frau schlagen. Das Auto fährt weiter, unbeeindruckt von dem, was innen drin passiert. Auch in jedem Menschen gibt es Zwiegespräche, Streits oder absurdere Dinge wie zum Beispiel ausschlagende Pferde.

Der Zug ist leer. Die Musik aus den Lautsprechern ist so, als gäbe es sie nicht. Sie ist Teil der Metallwände. Dann und wann hört man das Ruckeln auf den Gleisen. Wenige Kurven, fünfzig, sechzig Kilometer pro Stunde, nicht mehr. Die Tonbandstimme kündigt den nächsten Bahnhof an. Die Schranken am Bahnübergang gehen herunter. Ein Glöckchen läutet, wie das, das er im Sommer bei offener Tür in der Bar gehört hat.

Der Zug hält. Niemand steigt aus, niemand steigt ein. Die Türen bleiben geschlossen. Hinter den Schranken warten drei Autos. Aus jedem Auspuff quellen dichte Wolken.

Der Bahnhofsvorsteher mit der roten Kelle in der Hand schaut am Zug entlang, er nimmt die Trillerpfeife in den Mund und bläst mit aufgeblasenen Backen hinein. Der Zug fährt an. Man hört wieder das Glöckchen. Die Schranke geht hoch.

Durch die Tür zum nächsten Waggon sieht er den Schaffner kommen. Der schaut die Fahrgäste nicht einmal an, nimmt nur ihren Fahrschein und nickt mit dem Kopf.

Der Schaffner öffnet die Glastür. Sie sind allein im Wagen. Er ist der Letzte. Weiß der Schaffner, dass er keine Fahrkarte hat? Dass ein Gast in der Bar kein Geld mehr hat, erkennt er an der Art, wie er beim Bestellen eines weiteren Glases den Blick abwendet.

Die Tür zur Führerkabine ist geschlossen. Der Schaffner muss an ihm vorbei, um dorthin zu kommen.

»Fahrschein«, verlangt er.

Jackett, Hose, gestreiftes Hemd, Krawatte mit Schrägstreifen, große Brille mit Kunststofffassung, Schnauzbart. Abgetragene Uniform, der Stoff vom vielen Waschen ganz dünn. Der Schaffner sieht aus, als käme er direkt aus dem Schrank, als würde der Geruch von Mottenkugeln an ihm haften. Auch der Mann ist verbraucht.

Wonach mag ein Schaffner, der in einem Nahverkehrszug seinen Dienst verrichtet, streben? Einem Zug voller Arbeiter, arme Leute wie er selbst. Und er soll kontrollieren, ob sie einen Fahrschein gekauft haben. Würde nicht auch er ohne Fahrschein in den Zug steigen?

»Fahrschein«, wiederholt er.

Seine Lebensaufgabe: kontrollieren, ob die Fahrgäste den Fahrpreis bezahlt haben. Eine klare und bewältigbare Aufgabe. Eine Million kontrollierter Fahrscheine. Tausende von Malen die gleiche Strecke, hin und zurück.

Der Schaffner holt aus seiner Tasche einen Quittungsblock und einen Kugelschreiber.

»Wo sind Sie zugestiegen und wo steigen Sie aus?«

Er hat soeben seine Frau verlassen und seine Kneipe aufgegeben, er hat das gemacht, was er jeden Freitag zwanzig Mal von zwanzig Gästen hintereinander gehört hat. Und nicht alle waren betrunken. Alles aufgeben und davonlaufen. Er hat gerade alles aufgegeben. Doch nicht das schlechte Gewissen seiner Frau gegenüber ist der Preis, auch nicht die Schuldgefühle darüber, dass er seine Bar aufgegeben und damit seinen Vater verraten hat. Der Preis ist der Betrag für eine traurige Fahrkarte im Nahverkehr.

Er hat eine Handvoll Münzen in der Tasche, das Wechselgeld des Tages.

»Wohin fahren Sie?«, fragt der Schaffner erneut.

Er hat keine Ahnung.

Weil es im Zug so warm ist, ist ihm bisher nicht aufgefallen, dass er keinen Mantel anhat. Doch die Brieftasche hat er dabei: seinen Ausweis, die Kreditkarten und die zusammengefaltete Serviette mit den aufgemalten Quadraten, ein Grüppchen mit Vierecken, durch die eine Straße führt, dann zwei einzelne und in einem der beiden der Kreis. Jetzt erkennt er es. Der Impuls ist von dort gekommen. Er fährt zum Leuchtturm.

Aber er antwortet nicht.

Der Schaffner schüttelt den Kopf. Er hat sicher öfter Fälle wie ihn.

»Hören Sie«, sagt er, »Sie können wählen: Entweder ich stelle Ihnen einen Fahrschein aus vom letzten Bahnhof bis dorthin, wohin Sie fahren, oder Sie steigen am nächsten Bahnhof aus.«

Er antwortet nicht. Sie sind allein im Wagen.

Von seinem Tresen aus sah er die Leute vorbeilaufen, zum Bahnhof oder vom Bahnhof. Alle zwanzig Minuten seines Lebens. Zuerst die Leichtgewichte, meistens die Jungen, dann kam die Herde und zum Schluss die Nachzügler. Leute aus dem ganzen Ort, die die Straße zum Bahnhof hinunterliefen wie das Wasser den Fluss bei Regen. Zwei Minuten später sah er die Leute vom Bahnhof heraufkommen. Den ganzen Tag lang gab es diesen Austausch an Menschen. Die einen gingen, die anderen kamen.

Doch es waren immer dieselben. Er kannte sie vom Sehen. Manchmal betrat einer seine Bar, um die Zeit totzuschlagen. Es gab Leute, die wollten nicht in die Bahnhofskneipe.

»Und wenn Sie nicht aussteigen«, sagt der Schaffner zu ihm, »wird am übernächsten Bahnhof die Polizei auf Sie warten.«

Vor kurzem hatte sich einer von denen, die Tag für Tag an seiner Bar vorbeiliefen, das Leben genommen.

Er suchte sich keinen Ort außerhalb. Er ging zum Bahnhof, wartete auf das Schließen der Schranke, und als der Zug bereits bremste, warf er sich davor. Die Wartenden mussten zuschauen. Er sagte »zur Hölle« und warf sich davor.

An dem Tag brauchten die Reisenden etwas länger, bis sie an der Bar vorbeikamen. Einer von ihnen trat ein, setzte sich an den Tresen und bestellte einen Cognac. Dann fuhr der Krankenwagen vorbei.

Man wusste sofort, was passiert war. Eine Woche zuvor hatte er seine Frau bei einem Unfall verloren. Ein eleganter Pendler, der jeden Morgen nach dem Duschen mit Jackett und Krawatte und seinem Aktenkoffer in der Hand zum Bahnhof lief. An freien Tagen trugen er und auch seine Frau und die beiden jungen Mädchen Sportkleidung. Eine Familie wie viele andere, die sonntags zum Aperitif zur Strandpromenade spazierten. Im August sah er sie oft mit Luftmatratze, Tasche und Schwimmreifen vorbeimarschieren. Sie wohnten sicher nicht allzu weit weg. Ab und zu hatten sie auch in seiner Bar gefrühstückt. Doch eines Tages hatte sie einen Unfall und eine Woche später warf er sich vor den Zug. Es gab zwei kleine Mädchen, aber sie waren nicht Grund genug für ihn, um weiterzuleben. Konnte dieser Mann wissen, dass er so reagieren würde? Er fuhr jeden Tag zur Arbeit nach Barcelona. Jeden Tag, bis zu dem Tag, an dem er beschloss, nicht mehr mit dem Zug zu fahren, sondern sich vom Zug überfahren zu lassen.
Jahrelang hatte er ihn zweimal täglich vorbeilaufen sehen, am frühen Morgen und am späten Nachmittag. Als er die Nachricht erfuhr, hatte er das Gefühl, ihn gut gekannt zu haben.
Der Zug hält. Er leert sich. Der Mann aus dem anderen Wagen, der, der vorhin geschlafen hat, steigt aus. Hat er schon vorher die Absicht gehabt, den Zug zu verlassen, oder hat die Entscheidung, die Reise hier zu beenden, damit zu tun, dass der

Schaffner ihn geweckt hat? Oder hatte er ebenfalls keinen Fahrschein?
Wie viele Selbstmorde mag dieser Schaffner erlebt haben?
Irgendwie gehört das zu seiner Arbeit. Der Zug hält, der Schaffner steigt aus, die Fahrt wird unterbrochen. Die Fahrgäste gehen in die Bahnhofskneipe, warten auf dem Bahnsteig oder laufen durch die nahe gelegenen Straßen und betreten seine Bar. Sie schauen auf die Uhr, telefonieren. Das wird lange dauern. Der Staatsanwalt muss kommen, um die Leiche zu inspizieren. Danach fahren die Züge auf denselben Gleisen weiter. Wie die Leute sich umbringen, ist überall anders. Hier werfen sie sich vor den Zug.
Der Schaffner wartet auf eine Antwort.
Diese Schaffner sind abgebrüht. Doch er ist ein Mann, der nichts zu verlieren hat. Er hat seine Frau und alle Leute in der Bar verlassen. Seine Freunde, seine Gäste. Es ist halb elf Uhr abends, der Wagen ist leer. Der ganze Zug scheint leer zu sein.
Er hat seine Vergangenheit abgeschüttelt, vor ihm liegt die Freiheit der Welt. Er kann sich nicht erinnern, wann er das letzte Mal alleine mit dem Zug gefahren ist. Es ist das erste Mal, dass er nicht genau weiß, warum. Er weiß nicht einmal genau, wohin. Er hätte auch mit dem Auto fahren können, aber er wollte nichts mitnehmen.
»Setzen Sie sich«, sagt er zu dem Schaffner. »Setzen Sie sich hierher, mir gegenüber.«

So hat er noch niemals mit einem Mann gesprochen. Mit Hunden ja, manchmal auch mit den Kindern eines Gastes, wenn die Eltern es nicht mitbekamen.

»Sehr gut«, sagt er, nachdem der Schaffner sich gesetzt hat.

Vielleicht lernen die Schaffner dieses Verhalten bei einer Schulung. Bei dem Ton, den er angeschlagen hat, könnte er auch ein Messer in der Tasche haben. Zudem ist er groß und muskulös. Zwei Stunden tägliches Training. Von zehn bis zwölf, wenn wenig Gäste da waren und seine Frau sich um die Bar kümmern konnte. Zwei Stunden im Sportstudio, um alles zu vergessen. Noch etwas, was er morgen nicht mehr machen wird.

Und warum? Eine Frau, wie es sich gehört, eine Bar, die läuft, Stammgäste ... Und eine große Unzufriedenheit. Unter diesen Umständen wäre beides möglich gewesen: Verbitterung und Glück. Er ist verbittert. Schon seit Jahren. Die Verbitterung ist nicht von heute auf morgen gekommen. Er hatte Zeiten, in denen er in sich gekehrt war, und Zeiten, in denen er alles laufen ließ. Er stand schlecht gelaunt auf. Gab seiner Frau ruppige Antworten. Meckerte an allem herum. Lief mit einer Leidensmiene durch die Gegend. Das war es, was er am meisten hasste, diese Leidensmiene, es war genau der Ausdruck im Gesicht seiner Gäste, den er nicht ertrug. Und je mehr er sich hasste, desto häufiger setzte er dieses Gesicht auf und hasste sich noch mehr.

Wie hart, sich am Ende des Tages wieder im Bett zu finden, nachdem er den ganzen Tag auf den Moment gewartet hatte, die Augen zuzumachen. Endlich einzuschlafen, zu schlafen und mit allem aufzuhören.
Manchmal trank er. Doch dann war es noch schlimmer.
Mit der Zeit sind manche Gäste nicht mehr gekommen. Doch andere kamen öfter. Bars spezialisieren sich auf bestimmte Charaktere.
Er fragt den Schaffner:
»Wie oft fahren Sie diese Strecke am Tag?«
»Dreimal hin und dreimal zurück.«
Er holt ein paar Münzen aus der Tasche.
»Ich fahre zum Leuchtturm.«
»Das sind noch drei Stationen.«
Der Schaffner reißt eine Seite aus seinem Quittungsblock und reicht ihm die Quittung. Er gibt ihm das Wechselgeld zurück, steckt die Münzen in die Tasche und geht zur Tür der Führerkabine. Noch jemand, der Wechselgeld dabei haben muss. Er geht und schüttelt dabei den Kopf. Er öffnet die Kabine des Lokführers mit einem schwarzen Schlüssel. Einen Moment lang kann er den Rücken des Lokführers sehen, der vor dem Armaturenbrett sitzt. Durch sein Fenster sieht man die Gleise vor dem Zug. Der Schaffner schließt die Tür. Die Kabine ist vom Rest des Wagens abgeschnitten.

Seit einer Weile kann man wieder das Aufblitzen des Leuchtturms sehen. Er steht auf dem Ausläufer eines Hügels, der aus anderen herauswächst und bis zum Meer hinunterreicht, wie ein vorangestellter Fuß. Drei hintereinander geschaltete Leuchtblitze, eine Pause, zwei Leuchtblitze und wieder von vorne.
Sie kommen an einem Gebäude vorbei, das Licht verschwindet. Jetzt fährt der Zug unterhalb des Leuchtturms und man kann ihn nicht mehr sehen. Er steht auf und geht in einen anderen Wagen. Er ist eine Kopie des vorigen. Das elektrische Licht, die Fenster, die gleichen mit Stoff überzogenen Plastiksitze. Die Nahverkehrszüge gleichen der U-Bahn. Nachts in der Dunkelheit unterscheiden sie sich nicht. Die Welt ist unterirdisch geworden. Alles ist ein Tunnel. Es gibt nur die Lichter der Häuser, die Wohnungen hinter Mauern, die Fenster hinter Gittern und die zweimal im Schloss umgedrehten Schlüssel.
Der dritte Wagen ist auch leer. Er erreicht den vierten. Auch leer. Er schaut durch das Fenster an der Tür zum nächsten Wagen und sieht zwei, drei, vier Wagen hintereinander, jeder ein wenig kleiner, mit dem gleichen Licht. Es ist Nacht, halb zwölf. Ein Gespensterzug. Vielleicht der letzte Zug. Vielleicht reist er allein. Vielleicht sind nur noch der Schaffner und der Lokführer da, und beide haben sich vorne in der Führerkabine eingeschlossen.
Im nächsten Wagen sitzt eine Frau. Sie hat einen Mantel an, neben ihr steht eine schwarze Tasche,

sie kommt von der Arbeit. Man sieht ihr die Müdigkeit an. In der Hand, zusammengerollt, eine Gratiszeitung. Ihre Augen starren auf den Sitz direkt vor ihr.
Von einer Bar kann man leben, weil Menschen die Gesellschaft anderer suchen. Einmal betrachtete er voller Neid zwei Gäste, die, nachdem sie sich gerade erst kennengelernt hatten, auf der anderen Seite des Tresens in ein Gespräch vertieft waren. Doch jetzt hat er keine Lust auf Gesellschaft. Er geht weiter, hält dem Blick der Frau stand und betritt den nächsten Wagen.
Hier sind fünf Personen. Es müssen langsam mehr geworden sein. Vielleicht ist es der mittlere Wagen. Es sieht aus, als würden sie sich kennen. Leute, die in den gleichen Ort fahren. Sie verstummen, als er hereinkommt.
Der nächste Wagen ist der, in den er eingestiegen ist. Der Schwarze mit der roten Mütze sitzt noch da. Er setzt sich neben die Tür.
Noch bevor der Zug hält, steht der Schwarze auf und bewegt sich in Richtung Tür. Er drückt auf den Knopf. Sie geht auf. Der Bahnsteig ist verlassen. Ein kalter Luftzug weht herein. Man hört das Meer auf den Strand rollen.
Der Bahnhofsvorsteher steckt die Metallpfeife in den Mund und pfeift. Die Lautsprecher machen bip-bip-bip-bip. Die Türen schließen automatisch, und der Zug fährt an.

Er ist an der Station ausgestiegen, die der Schaffner ihm genannt hat. Er steht auf dem Bahnsteig. Der Zug verschwindet in der Dunkelheit wie eine Schlange im Unterholz. Das Glöckchen bimmelt, die Schranke geht hoch. Das Bahnhofsgebäude ist geschlossen. Es gibt kein Café. Auf der anderen Seite der Gleise ist der Strand mit ein paar umgedrehten Booten.

Die Brise vom Meer weht Tabakgeruch heran. Es ist noch jemand ausgestiegen, ein Mann mit einem Aktenkoffer in der Hand, die andere steckt in der Manteltasche.

Als der Mann mit dem Aktenkoffer an ihm vorbeikommt, fragt er ihn:

»Entschuldigen Sie, ich suche ein Hotel.«

Er hätte ihn genauso nach einem Café oder einem Kino fragen können: einem warmen Ort eben. Er hat keinen Mantel mitgenommen. Lust zum Schlafengehen hat er nicht, er ist aufgeregt. Doch die Kälte wird ihm bald zu schaffen machen.

»Sie müssen in die Stadtmitte gehen«, sagt der Mann. »Hier ist nichts mehr offen. Sie können mit mir kommen.«

Die Strandpromenade ist voller Lokale und Läden für Touristen, aber alle sind geschlossen. Die Hinweisschilder auf Diskotheken und Bars sind in fremden Sprachen. Keine Menschenseele. Die Laternen entblößen die Promenade vollkommen.

Die Straße steigt an. Sie kanalisiert die Kälte bis zum Meer hinunter. Die Platanen sind kahl. Die Spitzen der Zweige zittern. Das Licht der Straßen-

laternen ist gelblich-fahl, und die Schatten der Zweige zeichnen Risse auf den Boden. An einer Ecke schimmert das Licht einer kleinen Bar.
Sie überqueren eine Straße. Es sieht aus, als würde es blitzen, doch dann sieht er, dass es kein Blitz ist, sondern das Licht des Leuchtturms auf der Fassade des Gebäudes am Ende der Straße. Vom Himmel könnte kein Licht kommen, er ist zu dunkel. Undurchsichtig. Sie sind Straßen und Treppen mit vier, fünf Stufen hochgestiegen, bis man von einer Anhöhe aus, am Ende eines sanften Bergkammes, weit entfernt, das Aufblitzen des Leuchtturms sehen kann. Wie schon im Zug. Dreimal hintereinander, einige Sekunden Dunkelheit, dann zweimal hintereinander und wieder von vorne.
»Es ist ganz schön frisch«, sagt der Mann mit dem Aktenkoffer, dessen Hand immer noch im Mantel steckt.
»Ich habe nicht mehr mit dieser Kälte gerechnet. Ein komischer Februar.«
»Es wird bald regnen.«
Sie laufen nebeneinander her, wie ein Ehepaar, das schnell nach Hause will. Sie gehen an einer hell erleuchteten Bank vorbei. Hinter den dicken Scheiben kann man das saubere Büro mit den Stühlen und Tischen sehen. Der Geldautomat funktioniert. Wenn Geld ihn fasziniert oder er selbst ein Geschäft aufgemacht hätte. Doch sein Leben war von klein auf die Bar, ein Familienbetrieb, eröffnet von seinem Großvater, einem Gastwirt, weitergeführt von seinem Vater. Das Re-

fugium von Stammgästen, die man seit jeher kannte. Die Stammgäste der Bar waren seine Familie. Was der eine erlebte oder der andere und umgekehrt; was er erlebte. Es war eine Angelegenheit von allen. Aber er erlebte nie etwas. Außer dem Kuddelmuddel, das aus diesen Beziehungen entstand.

Der Mann an der Rezeption begleitet ihn auf sein Zimmer. Ein kahlköpfiger, blasser Mann, ungefähr sechzig. Er scheint stumm zu sein. Er hat den Mund nur aufgemacht, um ihm den Zimmerpreis für eine Nacht zu sagen.
Sie steigen die Treppe in den ersten Stock hoch. Es lohnt sich nicht, den Fahrstuhl zu nehmen, vielleicht ist er auch außer Betrieb. Der Flur wird schwach von ein paar Lampen beleuchtet, die wie Kochtöpfe aus weißem Glas an der Decke hängen. Ein abgetretener Läufer liegt auf dem Boden. Drei Heizkörper sind zwischen den Türen verteilt. Sein Zimmer ist das in der Mitte des Flurs.
Das Hotel ist aus den Fünfzigern. Er erkennt die Architektur und die Materialien, weil es in seiner Bar noch Reste aus dieser Zeit gibt. Das Hotel sieht noch genauso aus wie damals, als es gebaut worden ist. Nichts renoviert. Dieselben Möbel. Dieses altmodische Sparen an den schwächlichen Glühbirnen. Weiß glühende Birnen. Eine Vase mit künstlichen Blumen. Reproduktionen von unbestimmbaren Landschaften.

Bevor der Mann von der Rezeption das Licht im Zimmer anknipst, leuchtet es hinter den Vorhängen auf. Dreimal hintereinander, dann Dunkelheit, zweimal hintereinander, Dunkelheit, und wieder von vorne.

Die Möbel riechen nach Staub. Es ist ein Ort für Verlorene und Vertreter, die hier übernachten müssen. Das Zimmer ist kalt. Es wurde kein Gast mehr erwartet.

»Im Schrank sind Decken«, sagt der Portier, während er die Heizung aufdreht. Dann geht er. Die Rohre dehnen sich, man hört das Knacken.

Die Landstraße muss nah sein. Als er ausgestiegen ist, hat er neue hohe Wohnblocks am Strand gesehen und ein modernes Hotel mit großen Fenstern zum Meer, saisonbedingt geschlossen. Das Hotel hier neben der Landstraße ist zu weit weg vom Strand. Es ist ein funktionales Hotel mit kleinen Fenstern und Bildern von Berglandschaften, aber es hätte auch jedes andere Motiv darauf sein können. Es ist ein Hotel für den Winter, ohne Swimmingpool. In den Zimmern stehen keine Fernsehgeräte. Es ist ein Hotel abseits der Neuheiten, eine Durchgangsstation für eine Nacht. Abgestellt am Rand der Landstraße hat es sich ruhig verhalten, während drum herum touristische Einrichtungen aus der Erde geschossen sind.

Er schlägt die Bettdecke zurück und streckt sich auf dem Rücken liegend aus, ohne die Schuhe auszuziehen, und deckt sich zu. Die Laken sind hauchdünn, doch die Decken sind schwer. Eine

Matratze, verformt von den Körpern, die vor ihm hier waren. Körper, die an dieser Stelle etwas gemeinsam haben und nun wieder in alle Welt verstreut sind. Viele vermutlich bereits tot. Auch die Gläser und Tassen in der Bar wurden von Lippen berührt, die schon nicht mehr sind. Er rollt sich zusammen. Die Federn quietschen. Er passt seinen Körper der Kuhle in der Matratze an. Erst jetzt bei der Berührung mit dem Bett spürt er die Kälte.

Er streckt seinen Arm aus und löscht das Licht.

Hinter den Vorhängen leuchtet es dreimal hintereinander auf, dann zweimal.

Man hört den Fernseher aus der Bar unten. Nebenan, ganz nah, das Rauschen der Landstraße, die mitten durch die Küstenorte führt.

Er hatte gedacht, das Hotel sei leer, aber das ist nicht so. Er hört Gemurmel von der anderen Seite der Wand. Ein Pärchen. Die Stimmen dringen durch den Wandschrank. Die furnierten Türen schließen nicht richtig. Zuerst hört er nur vereinzelte Worte, dann hat sich das Ohr angepasst.

»Wie soll ich um diese Zeit schlafen?«, sagt sie.

»Morgen stehen wir früh auf.«

»Lass mich.«

Er friert. Er steht auf und öffnet die Schranktüren. Drinnen ist eine unlackierte Holzschublade. Auf einem Brett liegen zwei dicke zusammengelegte lilafarbene Decken. Wegen der Straße kann er der Unterhaltung nicht ganz folgen. Er hört Schritte, Absätze, die Frau, die im Zimmer auf und ab läuft.

Vielleicht packt sie den Koffer aus. Er hat keinen Koffer, er hat nichts, was er in den Schrank legen könnte.
»Ich brauche eine Zigarette«, sagt die Frau. »Hast du Münzen?«
Stille. Dann antwortet eine Männerstimme.
»In der Hosentasche.«
Hinter den Vorhängen blitzt es kurz auf und wird wieder dunkel. Er setzt sich aufs Bett und schließt die Augen. Der Lichtstrahl dringt nicht durch die Augenlider. Wie weit es wohl von hier zum Leuchtturm ist?
Im Flur geht die Tür des Zimmers nebenan auf.
»Du brauchst nicht zurückzukommen«, sagt der Mann von drinnen.
Neben dem Schrank hängt ein Spiegel. Mit den Fingern fährt er sich durchs Haar und streicht seinen Pullover glatt.
Er tritt auf den Flur hinaus. Die Frau ist um die vierzig. Kastanienbraune Haare, zu einem Pferdeschwanz zusammengebunden, ein blauer, langer Mantel. Sie geht zur Treppe, hinter sich eine Parfümspur.
Unter ihrer Zimmertür ist schon kein Licht mehr.

Der Mann an der Rezeption sitzt hinter der Theke und schaut auf einen kleinen Bildschirm. Davor führt eine Tür zur Bar. Bei jeder Stufe abwärts werden die Stimmen und der Fernseher lauter.

Als er die Tür öffnet, durchquert sie gerade das Lokal und steuert direkt den Zigarettenautomaten an. Er bewegt sich zum Tresen. Die Bar hängt voller Rauch. Er setzt sich auf den Hocker direkt am Fenster. Die Straßenlaternen draußen schaffen es nicht, die Dunkelheit der Straße zu durchbrechen; die Nacht hüllt sie ein, durchsichtig. Kein Auto fährt vorbei. Auf der runden, flachen Uhr hinter dem Tresen ist es ein Uhr.

Der Rauch heizt die Luft auf und rundet die Ecken ab. Es ist eine fast greifbare Tabakwolke, die wie eine Zwischendecke im Raum schwebt. Sie lässt die Umrisse verschwimmen und die Personen ineinander übergehen. Der Einzelne verliert seine Kontur, alle haben ähnliche Empfindungen. Wie ein stumpfer Dolch. Die Wärme weicht die Atmosphäre auf. Es gibt Tausende von Bars auf der ganzen Welt, in denen in diesem Moment genau die gleiche Stimmung herrscht. Tausende von Gästen, die das bemerken, die diesen gelebten Raum suchen. Der Eintritt ist nicht umsonst; man ist nicht in irgendeiner Bar, sondern man setzt sich und ist Teil von ihr. Man braucht Erfahrung, Kenntnis des Milieus, einen Ausweis. Doch wenn man einmal eingeweiht ist, ist es, als hätte man gelernt, in einen Hafen einzulaufen. Dann hat man seine Eintrittskarte. Egal ob in Europa oder Asien, in Barcelona oder Riudellots.

Als er die Tür geöffnet hat, war es ihm so, als würde er seine eigene Bar betreten. Das immer gleiche Gemurmel mit der immer gleichen Stimme

aus dem Fernseher im Hintergrund. Der Mann hinter dem Tresen ist er selbst. Er selbst zwanzig Jahre früher. Ein junger Mann, den Blick auf den Bildschirm gerichtet. In Wirklichkeit achtet er mehr auf die Gespräche der Gäste. Zu jung, um sich zu entziehen.
»Ein Bier.«
Die gleichen Gäste, die gleichen Getränke, die gleichen Gläser, Tassen, Teller, Löffel; die gleiche Kaffeemaschine. Die gleichen Bierdeckel mit der gleichen Werbung. Die gleiche Unbekannte, die Zigaretten holen geht, die sich jetzt umdrehen und das Lokal sofort wieder verlassen wird.
In seiner Bar wäre es allerdings nicht ganz so normal gewesen, wenn ein Unbekannter wie er, an einem normalen Tag zu dieser Stunde, hereingekommen wäre und sich an den Tresen gesetzt hätte. Ein völlig Unbekannter. Eine Stadt kann noch so groß sein, die Gäste um Mitternacht sind immer dieselben. Nicht einmal in der Bar eines Hotels wird ein Unbekannter einfach akzeptiert. Deshalb hat es diesen Moment des Schweigens gegeben, als er die Tür aufmachte. Nichts: ein Augenblick, ohne seine jahrelange Berufserfahrung wäre ihm das nicht aufgefallen, ein kurzer Moment des Schweigens, der den meisten Gästen gar nicht bewusst ist, eine Frage, eine Anpassung an das neu hinzugekommene Element: es einordnen, eine Erklärung finden, ihm Platz machen.
Etwa ein Dutzend Gäste sind da. Vielleicht gibt es keinen weiteren Hotelgast hier. Die Leute sind

aus dem Ort, es ist eine bescheidene Bar, unveränderlich wie das Hotel, wie das ganze Gebäude oder die Straße. Zwei Marokkaner. Sie sind sicher die einzige Neuheit der letzten Jahre. Schlecht rasierte Leute, zu dieser Stunde noch in Arbeitskleidung. Keine weitere Frau als die, die wegen der Zigaretten hereingekommen ist. Zwei Fernseher, ein kleiner und ein riesengroßer. Der Sportkommentator, der keine Minute schweigt. Fußball. Die Wiederholungen. Die Frau steht noch am Automaten. Sie hat Probleme mit den Münzen.
Sie hat sich umgedreht, schaut in Richtung Tresen. Der Kellner steht mit dem Rücken zu ihr. Niemand fühlt sich angesprochen.
Die Frau probiert es erneut. Die Münze fällt hinein, der Automat verdaut sie und spuckt sie unten wieder heraus. Er ist der Einzige am Tresen, der die Münze auf das Metall fallen hört. Der Kellner zeigt immer noch seinen Rücken. Es ist der gleiche Zigarettenautomat wie in seiner Bar, mit den gleichen reitenden Cowboys bei Sonnenuntergang.
Bars wie diese sind nichts für Frauen. Nicht diese Art von Bar. Nichts für Frauen allein. Wenn überhaupt, dann kommt morgens eine herein und trinkt vor der Arbeit noch schnell einen Kaffee oder einen Espresso Macchiato. Es ist schon eher eine Ausnahme, wenn zwei Frauen zum Plaudern hereinkommen und einen Milchkaffee trinken. Sie kommen vorbei und haben etwas zu bereden. Frauen sind entweder zu zweit, oder sie warten

auf jemanden. Für Frauen gibt es Cafés. Eine Bar ist etwas anderes. Wenn eine Frau sich in einer Bar verabredet, trifft sie sich mit einem Mann.
Einmal wartete eine fünf Abende lang auf einen Mann. Sie war zuvor schon mal in Begleitung da gewesen. Dann kam keiner mehr von beiden. Einen Monat später betrat die Frau das Lokal erneut. Sie sah schlecht aus und schien nicht mehr dieselbe zu sein. Sie setzte sich an einen Tisch mit Blick auf den Tresen und bestellte ein Mineralwasser. Bis Mitternacht trank sie vier Gläser und hatte zweimal Besuch am Tisch. Sie ging. Am nächsten Tag hatte sie fünfmal Besuch. Einen zum zweiten Mal. Vier der Männer hatten sie entweder am Abend zuvor schon gesehen oder warfen sich nach ein paar Bier an sie heran. Die männlichen Pflichten. Aber sie wartete auf einen anderen Mann. In den Tanzsälen vor hundert Jahren waren die Regeln sicher nicht komplizierter.
Es ist so, als hätte ein Marionettenspieler die Kontrolle über die Leute im Lokal. Jetzt wird die Frau zum Tresen gehen und um Wechselgeld bitten.
Als sie nah genug ist, steht er vom Hocker auf und greift in seine Tasche. Er hat eine Handvoll Münzen. Viele Münzen, damit er nicht zur Kasse zurückmusste, wenn er an einem Tisch stand.
»Brauchst du Wechselgeld?«, fragt er.
»Die Münze fällt immer durch.«
Er tauscht die Münze. Jetzt sieht er sie aus der Nähe, ohne den Rauch dazwischen. Zu stark geschminkt. Unter dem Make-up scheinen die Au-

genringe durch. Die Falten sind nur zugeschmiert; sie sind weicher geworden, nicht mehr. Sie glänzen. Die kastanienbraunen Haare hat sie hinten zusammengebunden. Es ist mehr als ein weißes darunter.

»Unerquicklich«, sagt er.

Sie runzelt die Stirn.

Er schüttelt den Kopf.

»Dein Mann.«

Sie lächelt.

»Kennst du ihn?«

»Ich schlafe im Zimmer nebenan.«

Sie schüttelt den Kopf.

»Ich werde das berücksichtigen.«

Sie geht wieder zum Zigarettenautomaten. Jetzt klappt es mit der Münze, das Päckchen Marlboro fällt hinunter, sie bückt sich, greift mit der Hand in den Schlitz und nimmt es heraus.

Sie dreht sich nicht um, bleibt stehen. Zweifelt. Wickelt das Päckchen aus dem Zellophan, macht die Schachtel auf, fummelt das Alupapier heraus, nimmt eine Zigarette, zündet sie an, wendet sich zu ihm. Kommt näher.

»Wer bist du? Ein Vertreter?«, fragt sie.

»Setz dich.«

Es funktioniert wieder. Wie beim Schaffner. Die Frau holt einen Hocker und setzt sich. Der Mantel hängt herunter. Er ist nicht neu, mindestens zwei Jahre alt. Sie ist auch nicht mehr ganz jung. Schon vor diesem Abend hat die Frau viel geraucht. Der Abstand zwischen Zeigefinger und

Daumen der rechten Hand bleibt erhalten, wenn die Zigarette zwischen den Lippen ist oder im Aschenbecher liegt. Sie nimmt einen tiefen Zug. Nägel und Zähne sind vom Nikotin gelblich geworden. Die zwei großen Freunde seiner Gäste, Tabak und Alkohol. Zwei Freunde, die sich gegenseitig unterstützen. Sie beschleunigen den Tod und intensivieren das Leben.

»Einen Jim Beam.«

Frauen gehen nicht in solche Arbeiterkneipen. Nicht einmal diese Sorte Frau.

»Wohin fahrt ihr?«

»Ach, nirgendwohin. Wir sind einfach hier gelandet. Wir wechseln sozusagen unser Domizil. Tapetenwechsel. Ich habe ein paar Nächte frei. Du bist nicht von hier, stimmt's?«

Er schüttelt den Kopf.

Sie hebt das Glas, als wollte sie ihm zuprosten. Der obere Eiswürfel fällt in den Whisky.

Der Mann lässt seinen Blick über die Leute am Tresen schweifen, über ihre über die Getränke gebeugten Rücken.

»Ich bin von nirgendwo«, antwortet er, und um von dieser idiotischen Antwort abzulenken, trinkt er sein Glas aus, blickt zum Kellner und bestellt, wie als Entschuldigung, noch ein Bier.

Sie kennt der Kellner schon, aber nun will er wissen, wen er vor sich hat. Es ist sein Tresen und damit seine Pflicht.

Zu stark geschminkt. Sie müsste ein Schild tragen, auf dem steht: Frisch gestrichen. Nicht berühren.

Der Pferdeschwanz. Die Schrammen des Alters. Erschöpft, verbraucht. Sie könnte fünfzig sein, aber sie ist es nicht.
»Seit wann bist du von nirgendwo?«, fragt sie ihn.
»Seit ein paar Stunden.«
Sie lächelt, hat aber kaum Lippen.
Es ist so schwer, die Leere leer zu lassen, die das Verschwinden einer Welt hinterlässt, und ehe man sich versieht, ist man schon wieder dabei, sie zu füllen. In seiner Bar steht ein Computer mit Internetanschluss. Auf die gleiche Weise, wie sie beide sich sinnlos unterhalten, chatten ein paar seiner Gäste stundenlang mit Unbekannten, die sie nie kennenlernen würden.
»Und wirst du nun hierbleiben?«, fragt sie.
»Ich gehe zum Leuchtturm.«
Im Fernsehen kommen Nachrichten. Wie auf ein Signal heben alle Gäste den Kopf. Die Nachrichten. Verkohlte Leichen und ein verstörter Mann, der unbekleidet zwischen ihnen herumläuft. Seine Haut ist rot, das Haar raucht. Die Politiker nehmen nacheinander das Mikrofon in die Hand.
»Zum Leuchtturm?«, fragt sie.
»Ist er weit?«
»Zehn Minuten.«
»Zu Fuß?«
»Hast du kein Auto?«
»Ich fahre mit dem Taxi.«
Ein fetter Politiker, mit Krawatte, protestiert.
In den letzten Jahren hat er fast täglich Nachrichten gesehen. Jeden Tag vom Tresen aus. Zwischen

den Gesprächen der Gäste sah er Nachrichten. Es waren immer die gleichen.
»Soll ich dich hinfahren?«, fragt sie.
»Und der oben?«
»Der schläft bereits. Ich kann nachschauen.«
»Das Licht ist aus. Ich habe es am Spalt unter der Tür gesehen.«
»Bist du ein Detektiv?«
»Nein, ich habe eine Kneipe.«
Sie zeigt mit ihrem Kopf auf das Fenster.
»Mein Auto steht draußen. Wenn du zum Leuchtturm willst, kann ich dich hinfahren. Kellner haben viel für mich getan.«
In ihrem Glas sind nur noch die Eiswürfel, noch kompakt, kantig.
»Bringst du mich hin und lässt mich dort aussteigen?«, fragt er.
Sie bestellt noch einen Whisky.
»Und das Zimmer?«, fragt sie.
»Ich hatte Lust, mich etwas hinzulegen.«
Im Fernsehen gibt es jetzt wieder Fußball.
»Hast du noch die Münze von eben?«, fragt sie.
Er holt einige aus seiner Tasche und stochert mit dem Zeigefinger darin herum. Sie zündet sich noch eine Zigarette an und zieht den ersten Zug tief ein. Der Kellner stellt den Whisky vor sie hin. Sie trinkt einen Schluck. Er gibt ihr die Münze.
»Diese?«
Sie nimmt das Glas und durchquert das Lokal. Niemand mehr schaut ihr hinterher. In der Ecke steht die Vitrine mit den Plüschtieren. Sie steckt

die Münze hinein und steuert die Greifzange mit dem Hebel. Dann lässt sie die Zange etwas hinunter und drückt auf einen Knopf, damit die Zange aufgeht, aber sie schließt sich in der Luft. Als die Frau sich zum Tresen umdreht, steht er schon neben ihr, mit einer weiteren Münze.
»Lass mich das mal machen.«
Er wirft die Münze hinein.
»Den Frosch?«
»Den Affen.«
Er setzt die Zange direkt über dem Kopf des Affen an und lässt sie etwas hinunter. Kurz bevor die Zange den Affen berührt, drückt er auf den Knopf und öffnet sie. Der Kopf bleibt zwischen den Metallzangen.
»Man lernt das mit der Zeit«, sagt er.

Die Straßenlaternen scheinen in den Peugeot 306 hinein, das durch die Fensterform ausgestanzte Licht legt sich auf sie, umhüllt sie wie eine Tischdecke einen Tisch. Sie sitzt am Steuer mit dem Affen auf dem Schoß. Am Schlüsselbund unter dem Lenkrad baumelt eine Metallpfeife. Er schaut aus dem Fenster. Neue Straßen mit den gleichen Gebäuden, den gleichen Geschäften und den gleichen Bars wie in allen Orten an der Küste. Nachts völlig ausgestorben.
Alkohol hat ihm oft geholfen, bis zum Ende des Tages durchzuhalten. In den letzten Jahren weniger, da er nicht mehr wirkte. Er trank immer bei

vollem Bewusstsein und nicht, weil es ihm wichtig war. Manche zechenden Gäste wussten am nächsten Tag nicht mehr, was sie gemacht hatten. Ihm war das nie passiert. Im tiefsten Innern blieb immer ein Rest Bewusstsein. Wenn er sich betrank, um endlich mit dem Tag abzuschließen, um ihm den Gnadenstoß zu versetzen, um sich unter den letzten vier betrunkenen Gäste nicht so allein zu fühlen, genoss er mit ihnen den Rausch, aber er trank nie bis zur Besinnungslosigkeit wie manche von ihnen. Oder täuschten sie ihn? Manchmal musste er bei einem zu Hause anrufen oder ihn nach Hause bringen.

Sie fährt ihn mit dem Auto, so als wäre er jetzt einer von seinen Gästen. Er hat nicht zu viel getrunken. Vier Bier. Die Wirkung wird langsam nachlassen. Doch wenn er nachher aussteigt, ohne wärmenden Mantel, wird jeder Schluck, den er getrunken hat, ihm helfen, die Kälte auszuhalten.

Die Straße ist zu einer Landstraße geworden, die wie eine Brücke eine Stadt mit der anderen verbindet, dazwischen ein paar übrig gebliebene Felder. Er meint, Glocken zu hören. Er schaut auf die Uhr. Dreiviertel zwei. Der Himmel, gasartig, rostfarben, hat einen Bauch, der von einem chemischen Gelb beschienen wird.

Nur wenige Autos kommen ihnen entgegen. Sie fahren in eine Stadt hinein, durchqueren sie parallel zur Küste, und noch ehe sie die Stadt wieder verlassen, setzt sie den Blinker. Kurz darauf sind sie unter einem Dach von Zweigen auf einem asphaltierten Weg, der sich einen Hügel hochwindet.

In dieser Gegend ist die Ebene sehr schmal. Man hat die Orte irgendwie hineingepfercht. Ein Geschwür von Neubaugebieten zieht sich den Berg hinauf. Häusergruppen wie die, an denen sie gerade vorbeifahren. Häuser in leeren Straßen mit einem Licht über der feuchten Tür. Vor jedem Garten parken ein paar Autos. Gleichgroße Parzellen, verschiedene Gebäude. Bäume und Pools. Auf der Kuppe eines Berges in der Ferne leuchten vier weiße Punkte. Dort oben stehen noch mehr Häuser.

Sie biegen in einen Kreisverkehr und haben ein Polizeiauto vor sich. Es fährt sehr langsam. Auf dem Dach ein schwächelndes Licht, eine blaue Beule. Außer ihnen das einzige Auto in diesem Wohngebiet. Es gibt keine Gefahr, dass sie angehalten werden. Auch wenn die Fahrerin den Alkoholtest nicht bestehen würde.

»Willst du mir nicht etwas erklären?«, fragt sie.

Die Häuser bleiben hinter ihnen. Die Siedlung verschwimmt. Die Ortschaften liegen unter ihnen. Das Polizeiauto biegt in eine Seitenstraße ein.

Sie fahren weiter bergauf, es wird steiler. Unten sieht man ein Geflecht von Straßen. Flimmernde Lichtchen, die manchmal eine Struktur haben, manchmal aber einfach zusammenklumpen wie die Glut eines erloschenen Feuers. Das grüne Rechteck des Fußballplatzes mit den hoch aufragenden Masten der Scheinwerfer, die wie acht weißliche Sonnen auf den Rasen strahlen. Das Gitternetz auf der Fassade eines Hochhauses, höher als die anderen, wie ein Turm. Daneben der niedrigere, aber angestrahlte Kirchturm. Die wie Perlenschnüre aneinandergereihten Straßenlaternen auf einem Boulevard. Wenige Autos auf der Landstraße.

»Besuchst du jemanden?«

Sie hat eine komische, schleppende Aussprache. Wegen des Alkohols. Wenn sie nicht schaltet, liegt ihre rechte Hand auf dem Plüschtier.

Sie fahren nach der Zeichnung auf der Serviette in seiner Tasche. Die Digitaluhr des Autos zeigt noch nicht zwei Uhr. Langsam wird er unruhig. Er möchte nicht zu spät zum Fest kommen.

Der Strahl des Leuchtturms fegt das Gefälle weg. Die Büsche leuchten einen Moment auf. Für Sekunden scheinen sie von Reif überzogen, dann verflüchtigen sie sich. Es gibt keinen anderen Ort, kein anderes Ziel. Und der Weg ist der einzig mögliche, ohne Abzweigungen. Die letzten Häuser entsprechen den aufgezeichneten Quadraten auf der Serviette. Jetzt steht zu beiden Seiten des Autos eine dunkle Masse von Bäumen und Büschen.

»Es regnet schon«, sagt sie und schaltet die Scheibenwischer ein.

Es ist ein langsamer, kränklicher Regen, unförmig, ohne Blitz und Donner. Die Tropfen rinnen wie die Streifen eines Zebras die Scheibe hinunter. Sie fließen ineinander, bilden Rinnsale und, hochgedrückt vom Fahrtwind, steigen manche wieder hinauf.

Von der Seite gesehen blitzt der Leuchtturm nicht mehr auf, sondern sendet regelmäßige Lichtstrahlen aus. Mit dem Regen gewinnen sie an Konsistenz und drehen sich, wie die Speichen eines Wagenrades, in zwei Abschnitten: einer mit drei Speichen und einer mit zwei. Null, drei, null, zwei. Der Regen ist das Holz dieser Speichen, er verwandelt den Strahl, doch der Strahl verwandelt auch den Regen: Er wird zu Schnee, zu Flocken aus leichtem Schnee, wie feiner Staub in Lichttunneln. Das Rad dreht sich wie geschmiert. Die Strahlen projizieren drei Kreise auf die sanften Umrisse der Hügel, drei helle Öffnungen in der Nacht, drei große, sich verfolgende Schneeflocken, die den welligen Rücken der Hügel, die Baumspitzen, die schwarzem Brokkoli gleichenden Büsche sichtbar machen.

Am Hang ein paar Appartements, dreistöckige Blöcke mit Blick aufs Meer. Kleine Sommerwohnungen. Hinter einem Fenster ist Licht angegangen. Ein Pärchen tritt heraus, um die Wäsche abzuhängen, damit sie nicht nass wird. An anderen Fenstern sieht man, wenn das Licht darüber hinweghuscht, die heruntergelassenen Holzrollläden. Sie fahren weiter den asphaltierten Weg hoch. Das Schilf am Rand biegt sich über den Weg, schwer geworden durch den Regen, und richtet sich langsam wieder auf, wenn das Wasser abgelaufen ist. Die dichten Pinien gleichen Pilzen. Der nasse Asphalt spiegelt den Weg der Lichtstrahlen.

Der Leuchtturm steht auf der Kuppe einer Anhöhe, die sich ins Meer hineinschiebt. Der weiße Zylinder wird von einer Glaskuppel gekrönt. Die rautenförmigen Rahmen der Fenster glänzen silbrig. Die Spitze des Leuchtturms glitzert wie ein sich drehender Diamant, der ins Himmelsglas eingelassen ist. Unter demselben Regen sehen ihn die Fischer von ihren Booten aus. Immer das gleiche Aufblitzen, das er vom Zug aus entdeckt hat. Dreimal, zweimal. Von weitem bemerkt man den Lichtstrahl nur, wenn er direkt ins Auge fällt. Hier ist das anders, hier sieht man jeden Lichtstrahl einzeln vorbeihuschen, breit wie die Flügel einer Mühle.
Sie sitzen im Auto vor der Einfahrt zum Leuchtturm und hören die Tropfen auf das Dach trommeln. Die Scheinwerfer sind abgeschaltet. Schweigend schauen sie auf den Leuchtturm. Der prasselnde Regen, die Stille. Wenn wenigstens ein bisschen Wind wäre ... Aus der Nähe wirkt der Leuchtturm kleiner. Der Lichtkegel bewegt sich sehr weit oben, weit über der Motorhaube. Doch der Widerschein kommt unten an.
Die Mauer um den Leuchtturm herum ist weiß, das hohe schmiedeeiserne Tor hat einen dreieckigen Aufsatz. Die Gitterstäbe laufen lanzenförmig

aus. Daneben steht eine brennende Laterne, von der es heruntertropft.
Das rechteckige Gebäude hat nur ein Stockwerk, darüber der Leuchtturm. Der Garten wirkt gepflegt. Kein Licht hinter den Fenstern.
»Wohnt hier jemand?«, fragt er.
»Früher ja. Sie hatten einen Hund. Jetzt läuft der Leuchtturm automatisch.«
Auf der anderen Seite des Tors steht nur wenige Meter neben dem Leuchtturm eine Palme. Sie öffnet sich nach oben wie eine Blume. Wenn der Lichtstrahl darüberwandert, wird sie geröntgt. Man sieht ihr nasses Skelett und entdeckt, dass Palmen Fische mit phosphoreszierenden Gräten sind. Wenn das Licht weitergezogen ist, erlischt die Palme wie die Funken eines Feuerwerks.
Das Haus mit dem Kreuz auf der Serviette steht nebenan. Außer dem Leuchtturm ist es das einzige Gebäude auf diesem Hügel. Ein weißes, unaufdringliches und durchdachtes Haus, noch keine zwanzig Jahre alt. Auch um das Haus steht eine Mauer. Es ist ein kubischer Bau, architektonisch einfach, mit rechteckigen großen Fenstern. Die gesamte Dachumrandung besteht aus einem ununterbrochenen Fenster, als ob das Haus einen Glasdeckel hätte. Die wichtigen Fenster müssen auf der anderen Seite sein, auf der Meerseite. Keine Hunde sind zu hören. Das Auto steht auf dem Grundstück.
Die Alarmanlage ist über der Tür. Laut dem Schild darunter ist sie mit der Zentrale einer Sicherheits-

firma verbunden. Das Bildchen zeigt einen Sicherheitsmann auf einem Motorrad.
Ein Großteil der Fassade ist von Efeu überwuchert. Der Regen hat die Blätter platt gedrückt, und manche beben. Die Gänsehaut auf der Mauer hat sich geglättet. Jedes Mal, wenn ein Tropfen auf die Blätter in der Nähe der Lampe fällt, erzittern große Schatten auf der Erde.
Im Haus schläft man noch nicht. Hinter einem der waagerechten Fenster flimmern bunte Farben, je nachdem, was gerade auf dem Fernsehschirm zu sehen ist.
Eigentlich müsste man im Haus das Auto gehört haben. Doch niemand hat den Kopf aus dem Fenster gestreckt. Man erwartet keinen Besuch. Es gibt hier oben zwar keinen Aussichtspunkt, aber wahrscheinlich kommt es nicht selten vor, dass jemand nachts zum Leuchtturm hochfährt.
Sie zündet sich eine Zigarette an. Für einen Moment leuchtet das Auto von innen.
»Früher kamen Liebespärchen hier hoch«, sagt sie. »Das Haus stand damals noch nicht.«
»Doch nicht donnerstags, mitten in der Woche ...«
»Auch unter der Woche. Uns gefiel das hier.«
»Zu viel Licht.«
»Zu viel?«
Es ist angenehm hier mit dem Regen, doch er muss schnell diese Frau loswerden. Die gute Bierlaune ist noch nicht verflogen.
»Ich war schon mehr als zwanzig Jahre nicht mehr hier oben«, sagt sie.

Er schaut sie an, starr, fixiert sie und steckt eine Hand in die Tasche. Bemerkt, wie sie nervös wird. Das einzige Metall in seiner Tasche sind die Münzen. Es ist eine ähnliche Situation wie mit dem Schaffner: Wer kann schon einem Mann allein trauen?
Die Zigarette zittert in ihrer Hand, aber sie macht keine Bewegung, sie hat nichts, um sich zu verteidigen. Die Pfeife hängt am Schlüsselbund unter dem Lenkrad.
Er könnte sie am Pferdeschwanz packen und aus dem Auto zerren.
»Ich muss aussteigen«, sagt er.
»Soll ich auf dich warten?«
Hinten auf dem Rücksitz klingelt jetzt das Handy. Sie sieht ihren Begleiter von der Seite an, dreht sich misstrauisch um, nimmt die Tasche.
»Scheiße«, sagt sie.
Und hebt trotzdem ab.
»Ich drehe noch eine Runde. Nein. Eine Runde. Ich komme gleich.«
Wegen des Regens kann man die Stimme im Handy nicht hören.
»Fünf Minuten. Ich wollte den Regen sehen. Ja. In Ordnung. Schlaf.«
Sie legt auf und lächelt.
Er könnte sie am Nacken packen, hinauszerren und das Auto klauen. Er könnte mit ihrem Auto ins Hotel zurückfahren.
Aber irgendwas muss in dem Haus da vorne passieren, in ein paar Stunden oder auch früher, et-

was Unvorhersehbares, denn es hängt nicht von ihm ab.
Sie hat die Tasche zurück auf den Rücksitz gelegt. Der Affe liegt jetzt wieder auf ihrem Schoß.
Die Tropfen prasseln auf die Motorhaube. Sie klatschen gegen den Metallpfahl der Laterne in der Einfahrt zum Leuchtturm. Auf dem Boden der Einfahrt sind Platten verlegt. Der Regen hat eine flache Pfütze hinterlassen, und die Tropfen bilden Kreise, die sich öffnen und dann mit den anderen vermischen.
»Ich kann ihn nicht alleine lassen, er ist wie ein kleines Kind.«
Er will aus dem Auto steigen.
»Wenn er wüsste, dass ich ihn verlassen will ...«, sagt sie und zeigt mit dem Finger auf einen Punkt hinter der Windschutzscheibe. »Schau, zwischen den beiden Bäumen dort. Siehst du das Haus da unten?«
Weit weg, durch eine lichte Stelle zwischen den Bäumen, sieht man eine kleine Anhöhe mit einem versteckten Licht. Man kann das winzige Quadrat eines Hauses erkennen, eingerahmt von fluoreszierenden blauen Neonröhren. Eine Werbetafel leuchtet auf und verschwindet wieder, aber man kann nicht erkennen, was darauf steht.
»An den Wochenenden stellt ein roter Laserstrahl den Leuchtturm in den Schatten«, sagt sie und zündet sich eine neue Zigarette an. »In den letzten fünf Jahren habe ich dort gearbeitet. Das ist nicht wenig für einen Club. Die Besitzer wollen

Frischfleisch und in meinem Alter hat man allmählich keine Kunden mehr. Einige kannst du halten, aber die Höhepunkte sind vorbei. Die Mädchen aus dem Osten. Die Kunden, die auch alt werden. Dann taucht der Retter auf. Er sagt dir, dass du gar nicht so alt bist. Dass du dieses Leben nicht gewollt hast und es dem Ende zugeht. Dass du ein Kind bist und so weiter und so fort. Komm, lass uns gehen, sagt er, verschwinden wir. Als ob es jemanden wundern würde, wenn ich gehe. Er hätte bleiben können. Die wirkliche Arbeit findet nicht in den Zimmern statt, sondern an der Bar, auch das Geld wird dort gemacht. Deshalb bleiben in einer Bar immer nur die Männer. Er hätte dort bleiben können, ich nicht. Vermutlich gibt ihm das gewisse Rechte oder zumindest glaubt er das.«

»Geh zurück ins Hotel«, sagt der Mann.

Es regnet noch. Die Frau starrt auf das Lenkrad und streichelt mit einem Finger den Affen.

Er öffnet die Tür und steigt aus.

»Fahr zurück«, wiederholt er, bevor er die Tür zuschlägt.

Die ersten Tropfen rinnen aus seinen Haaren und laufen die Wangen hinunter. Sie fließen bis unter das Kinn. Er spürt noch die Wärme des Biers.

Er läuft vorne um das Auto herum. Sie lässt das Fenster eine Handbreit herunter. Zigarettenrauch entweicht.

»Geh«, sagt er noch einmal.

Er tritt gegen den Reifen.

Das Auto fährt los. Sie legt den Rückwärtsgang ein, wendet und entfernt sich langsam. Die roten Bremslichter spiegeln sich in der Pfütze an der Einfahrt zum Leuchtturm. Bevor das Auto um die Kurve biegt und die Rücklichter verschwinden, sieht er eine Zigarettenkippe aus dem Fenster fliegen. Sie fällt auf die Erde und erlischt.

Jetzt regnet es nicht mehr. Das Wasser dringt nur am Rücken durch den Pullover. Die Haut wärmt ihn. Nach dem Regen fühlt sich die Luft stofflicher an. Er steht unter dem Leuchtturm und ist glücklich. Die Wolken stieben auseinander. Der dunkle Himmel nimmt einen violetten Ton an. Er verlässt den asphaltierten Weg und betritt den Wald. Das Wasser hängt schwer in den Bäumen. An den Pinienzweigen rollen riesige Tropfen hinunter, wie eine Insektenprozession. An ihrem Ende fließen sie zusammen und sammeln sich an den Spitzen der Piniennadeln. Die Stämme sind nass und dadurch dunkler als sonst. Die Tropfen blinken auf und erlöschen. Sie werden silbrig, wenn sie das Licht des Leuchtturms trifft.
Er berührt einen Tropfen mit dem Finger. Er bleibt am Finger hängen.
Auf dem Waldboden haben sich die Piniennadeln und das trockene Laub mit Wasser vollgesogen. Es macht Platsch, wenn er darauf tritt. Er marschiert durch das nasse Gestrüpp und schiebt die Büsche auseinander. Sie schütteln ihr Wasser ab. In der Er-

de festgekrallte Haarschöpfe, Menschen mit eingegrabenen Körpern.
Keine Wege.
Unterhalb des Knies ist seine Hose klatschnass.
Manchmal ist eine Lücke zwischen den Zweigen. Der Himmel ist durchsichtig geworden. Der volle Mond hatte nicht durch den dichten Vorhang der Wolken dringen können. Jetzt haben sie sich aufgelöst, sind zu Wasser geworden. Ein großer Steinmond. Ein Schlag mit dem Stein. Ein auf die Erde gerichteter Scheinwerfer, damit niemand fliehen kann.
Er läuft im Schatten der Bäume. Zwischen den Stämmen sieht er wieder die Orte in der Ebene, diesen schmalen Streifen zwischen Berg und Meer, auf dem Wasser die Lichtpünktchen der Fischerboote.
Die Luft ist so klar, dass sie nicht vorhanden scheint. Als wäre sie in Reichweite seiner Hand, kann er jede Einzelheit in der Stadt erkennen, aus der er gerade kommt. Sie wirkt wie ein Architekturmodell. Der Fußballplatz, die Straßen, die Autos. Ein halbes Dutzend Kräne zwischen verstreuten erleuchteten Miniaturen. Ein halbes Dutzend Kräne wie Kreuze auf einem Friedhof. Begrenzt durch eine lange, schwarz glänzende Schlange, die zermalmt am Meer liegt: die Bahngleise.
Irgendwann hatte er es tun müssen. In den erstbesten Zug einsteigen. In den Zug steigen und in den Tunnel fahren. Sich tragen lassen. Jetzt ist er im Tunnel.

Er hätte auch hinaus zum Flughafen fahren können. Doch der erste vorbeifahrende Zug fuhr in die andere Richtung.
Das Licht im Haus ist ausgegangen. Das Wasser scheuert die weiße Wand wund. Er könnte hingehen, klingeln und sie warnen:
»Zwei Männer haben davon gesprochen, heute Nacht zu Ihrem Haus zu kommen. Seien Sie auf der Hut.«
Aber dafür hätte er nicht in den Zug einzusteigen brauchen. Er hätte ebenso am Tag mit dem Auto herfahren können und hätte damit seine Pflicht getan.
Der Lichtstrahl des Leuchtturms ist nun klar, präzise. Die Zeiger einer auf dem Boden eingelassenen Uhr. Fünf schnelle Zeiger, scharf wie Messerklingen.
Er tritt aus dem Wald heraus, um besser sehen zu können. Er hat eine Uhr mit Leuchtziffern. Der Minutenzeiger bewegt sich langsam mit derselben Kälte wie die Zeiger des Leuchtturms. Die Sekunden sind kleine Schläge, doch der Minutenzeiger bewegt sich gleichförmig zwischen den gelben Strichen, die die Minuten voneinander abgrenzen. Der Zeiger wandert auf der anderen Seite des Glases, isoliert von der Welt, ohne etwas von außen, was ihn anhalten könnte.
Es gibt keine Zeit und kein Warten. Die Glocken in der Stadt schlagen die viertel und die halben Stunden. Die Luft ist klar. Der Ton muss durch keinen Vorhang dringen. Die viertel Stunden, die

halben Stunden, die vollen Stunden schlagen hintereinander, ohne Intervall.
Erst die Räder des Lieferwagens, der Motor können das Uhrenglas zerbrechen, damit die Zeit wieder in die Welt zurückkehrt. Die Bäume vervielfachen sich. Sie verlängern ihre Schatten auf der Erde. Es ist vier Uhr.

Es ist derselbe Lieferwagen. Weiß, ohne Fenster im Laderaum.
Er kommt die Anhöhe herauf und hält sanft an derselben Stelle, wo sie zuvor gehalten haben. Er fährt rückwärts, wendet. Nun leuchten die Scheinwerfer den Weg aus, auf dem er gekommen ist.
Der Fahrer des Lieferwagens macht den Motor aus und schaltet die Scheinwerfer ab. Wenn er zurückkommt, muss er nicht mehr wenden.
Vor drei Tagen hat man diesem Mann in seiner Bar eine Zeichnung auf Papier machen müssen. Heute Nacht weiß er genau, wo er anhalten muss.
Für einen Moment scheint im Lieferwagen ein Licht auf. Das Feuerzeug neben dem Gesicht erzeugt eine kompakte, gelbe Flamme. Der Ohrring schimmert. Die Zigarette glüht auf, als der Mann einen Zug nimmt.
In der Windschutzscheibe spiegelt sich der Mond. Der Strahl des Leuchtturms wandert darüber hinweg. Worauf wartet er?
Die Glut der Zigarette verschwindet. Ein Bildschirm leuchtet auf. Der Fahrer, eingerahmt vom

Fenster, hat die Tür aufgemacht. Er steigt aus, schließt aber die Tür nicht ganz, lässt sie angelehnt. Das Lämpchen innen erlischt.
Noch wäre es Zeit. Schreien, ihn erschrecken und den Berg hinunterrennen. Er könnte ins Hotel zurückkehren und die andere Geschichte weiterverfolgen, die der Frau, die ihn hierher gefahren hat. Die miesepetrige Stimme aus dem anderen Zimmer. Er würde gerne wissen, wie der Mann aussieht, und würde versuchen, herauszufinden, was mit ihm los ist. Mit dem Mann. Oder er würde sich mit ihr anfreunden. Versuchen, ihr zu helfen. Er hat nichts anderes zu tun. Sie hat ihn gerade erst kennengelernt und hat ihm schon alles erzählt. Sie musste reden, sie hat ihn um Hilfe gebeten, sie erwartet mehr von ihm.
Der Mann mit dem Ohrring ist vor dem Gartentor stehen geblieben. Eine Handbreit vor seiner Nase hängt das Schild der Sicherheitsfirma mit dem rettenden Motorradfahrer, die Alarmanlage.
Er hat angefangen, am Tor herumzuhantieren. Mit einem Metallwerkzeug. Es ist mit einem Tuch umwickelt. So dämpft er die Geräusche. Ein Quietschen, zum Beispiel. Er trägt einen Gürtel voller Werkzeuge. Den langen Schlüssel, mit dem er das Tor geöffnet hat, hängt er zurück und nimmt das nächste Werkzeug. Kein Alarm geht los.
Die Alarmanlage ist nicht angeschlossen.
Er hat es sicher gewusst.
Der Leuchtturm verstärkt die Stille. Auf der Straße unten kaum Autos. Was man hört, weiter un-

ten, ist das Rauschen des Meeres, die anrollenden Wellen am Strand. Aus diesem Hintergrundgeräusch kann man mühelos den knirschenden Kies unter den Sportschuhen des Mannes mit dem Ohrring heraushören.
Jetzt ist er im Garten. Er hat das Gartentor angelehnt.
Als würde er seine Füße auf die Fußspuren des anderen setzen, um selbst keine Spuren zu hinterlassen, passt er das Geräusch seiner Schritte an die des Mannes mit dem Ohrring an. Aber er macht größere Schritte, holt mit seinen Beinen weiter aus, um Zeit zu gewinnen.
Er geht am Lieferwagen vorbei. Schaut über die Mauer. Der Mann macht sich an der Haustür zu schaffen. Eine weiß lackierte Tür mit einem vergoldeten Türknauf, darunter ein Schloss. Eine Lampe am Türsturz leuchtet von oben auf die kastanienbraunen Haare des Mannes. Sein Schatten bildet auf dem Boden einen schwarzen Fleck. Der Fleck wird grau, wenn das Licht des Leuchtturms über das Haus schwebt. Der Strahl berührt den Dachfirst. Zeichnet seine Linie nach. Doch der Widerschein erhellt im Vorüberwandern den ganzen Garten.
Die Haustür lässt sich nicht ganz so leicht öffnen wie das Gartentor. Der Mann greift das Werkzeug wieder mit dem Lappen. Er ist so dicht hinter ihm, dass er genau erkennen kann, was Ohrring und was Ohr ist. Der Mann ist klein. Sein Gürtel ist voller seltsamer Werkzeuge, einem Messer, viel-

leicht noch Gefährlicheres. Sicherlich, doch er hat zwei Stunden unter den nassen Bäumen gewartet. In einer Februarnacht. Sein Körper ist inzwischen wie gepanzert, metallisch. Die Kälte wappnet ihn gegen alles.

Warum muss er dem mit dem Ohrring folgen? Und in den Lieferwagen einsteigen? Und sich dort zusammenkauern?

Er kehrt schweigend um, setzt die Sohlen ganz flach auf, tritt mit den Füßen auf den Boden, als ginge er barfuß über zerbrochenes Glas.

Der andere kann ihn nicht hören. Er ist zu sehr mit dem Haus beschäftigt.

Er öffnet die hintere Wagentür. Sie ist nicht abgeschlossen. Auf dem Boden liegt eine ausgebreitete Decke, sonst nichts. Der Laderaum ist von der Fahrerkabine abgetrennt, aber es ist unmöglich, sich dort zu verstecken. Er kann sich nicht unter die Decke legen.

Er improvisiert. Endlich kann er improvisieren. Ein Gefühl, das von ganz weit her kommt, durch die Jahre hindurch, aus der Zeit, als er klein war, als er das Terrain noch nicht kannte und improvisierte. Damals gab es noch Geheimnisse, Dinge zu lernen.

Als er wieder über das Gartentor schaut, hat der andere die Haustür aufgekriegt. Auch jetzt kein Alarm. Bevor er ins Haus tritt, streift der mit dem Ohrring den Dreck seiner Schuhe am Fußabstreifer ab. Nicht wegen des Drecks, sondern um keine Geräusche zu machen. Er knipst eine Lampe

an, so klein wie ein Kugelschreiber. Jetzt tritt er in die Dunkelheit. Das Licht, das er dabei hat, ist ein Punkt. Er lässt die Tür hinter sich offen.
Es ist wie in einem Stummfilm. Er selbst ist nur Zuschauer. Aber er würde sein Leben dafür geben, um zu sehen, wie der Film ausgeht.
Er schreitet durch das Tor in den Garten und lehnt die Tür an, genau wie der andere.
Ein breiter Kiesweg. Gepflegte Gewächse. Knospende Rosensträucher mit dicken, dunklen Stämmen, Dornen, Zähnen. Ein Swimmingpool. Das Wasser mit einer blauen Folie abgedeckt.
Ein Brunnen. Eine Venus. Die grüne Schicht auf dem Wasser rein, angenehm, weich, winterlich. Dicke Stämme. Die Bäume sind älter als das Haus. Sie passen nicht zu den Bäumen draußen. Gekauft. Hinten steht eine Palme. In der Mitte des Rasens, allein, ein gedrungener, gequälter Olivenbaum: der einzige zerzauste Baum im Garten. Die metallischen Blätter des Olivenbaums. Vogelhäuschen hängen in den Bäumen.
Ein seltsames Gebilde: noch eine Skulptur. Sie hat keine bekannte Form, stellt nichts dar. Eine abstrakte Skulptur. Ein Holzhäuschen mit einer Tür und zwei Fensterchen. Ein Name über der Tür: Miquelet. Warum sollte es in dem Haus eigentlich keine Kinder geben? Weiter hinten eine Rutschbahn und eine Schaukel.
Käme der andere jetzt heraus, stünden sie sich gegenüber. Was für eine Vorstellung. Er rettet die Familie, den Vater, die Mutter und Miquelet.

Er hat keine Kinder, sie haben keine bekommen. Das wäre auch eine Option für sein Leben gewesen: Kinder groß ziehen. Mit vierzig ist es ein bisschen spät dafür. Oder vielleicht doch nicht. Vielleicht würde er noch jemanden finden.
Der Grundriss, den der Mann im Jackett mit dem Finger auf den Tisch malte. Die Zimmer. Das Büro. In diesem Haus ist ein Schatz. Oder jemand zum Kidnappen oder Liquidieren.
Woher wussten sie, was drin ist? Woher kannten sie das Haus? Woher wussten sie, dass die Alarmanlage ausgeschaltet ist?
Ein letzter Impuls: die Sicherheitsfirma anrufen. Auf dem Schild über der Tür steht eine Telefonnummer. Aber er hat sein Handy nicht dabei. Er hat es auf die Gleise geworfen.
Die Haustür steht offen. Wie der Mann drinnen streift er den Schmutz seiner Schuhe auf dem Fußabstreifer ab, bevor er das Haus betritt. Ebenfalls, um keine Geräusche zu machen.
Die Heizung ist an, die Wände sind warm. Die Luft draußen war besser zum Atmen.
Geld? Schmuck?
In der Diele liegt ein Läufer.
Der andere hat die Tür aufgelassen, um leichter wieder aus dem Haus zu kommen. Um beladen wieder herauszukommen also. Vom Weg aus kann man nicht sehen, ob die Haustür offen ist. Hier kommt sowieso keiner vorbei. Das Ende eines Weges oben auf einem Hügel ist keine Durchgangsstraße, egal, wie viele Leuchttürme da sind.

Der Lieferwagen steht um diese Uhrzeit niemandem im Weg.
Der mit dem Ohrring ist nicht in der Diele. Er arbeitet irgendwo weiter drinnen im Haus. Das Licht aus dem Garten scheint auf die Marmortreppe, das Tischchen, die kleinen Sessel und auf ein großes modernes Gemälde.
Die Wand hängt voller Gemälde. Sie bilden ein Mosaik.
Die Decke im Lieferwagen.
Deshalb liegt eine Decke im Lieferwagen. Die Formen im Garten sind dunkelviolett. Die Luft von draußen kann frei die Treppe hochsteigen. Wenn sie oben bei offener Zimmertür schlafen ... Die Decke der Diele ist hoch und reicht bis zum Glasdach. Um am Tag den Himmel zu sehen und in der Nacht den wandernden Lichtstrahl des Leuchtturms. Dreimal, zweimal. Über das Glasdach hinweg.
Vier afrikanische Skulpturen an der Wand, vier lange Masken. Eine weitere nicht identifizierbare Skulptur, wie die im Garten. Zwei griechische Säulen, verstümmelt. Eine angehaltene Pendeluhr. Der Rest sind Gemälde.
Ein Haus voller Schätze.
Er setzt sich in einen Sessel. Die Stille ist vollkommen. Die Nacht hier wie immer. Gestern um diese Uhrzeit war es so und morgen wird es auch so sein. Die Besitzer schlafen. Nur befinden sich zwei Fremde im Haus, einer sitzt im Sessel, und der andere arbeitet irgendwo ruhig vor sich hin.

Ein Mann allein, ohne dass irgendjemand draußen Schmiere steht. Ein Ding für zwei. Einer, der den Auftrag erteilt, und ein anderer, der ihn ausführt. Es sind Profis. Profis, die sich in einer Bar treffen und ein zusammengeknülltes Papier auf dem Boden zurücklassen. Sie sind so professionell, dass sie sich das leisten können.

Jetzt. Er hat kaum etwas gehört. Mit Sportschuhen kann man den Fuß dem Boden anpassen. Zuerst die Zehen und, wenn das Gewicht auf der Spitze liegt, die ganze Sohle belasten bis zur Ferse. Er hat nichts gehört. Der Boden hat leicht gebebt. Das Gewicht des sich bewegenden Körpers. Das Haus hat eine Tiefgarage. Wenn unter ihm das Fundament wäre, hätte er nicht einmal das spüren können. Er hat auch kein Licht gesehen. Der mit dem Ohrring kennt den Weg. Er braucht die Lampe nicht mehr.

Er sieht ihn vorbeigehen. Mit einem Gemälde im Arm. Es versetzt die Luft in Schwingungen, das Rechteck des Gemäldes saugt die Luft hinter sich an, zieht sie ein Stück und nimmt die Wärme mit nach draußen.

Er hört ihn durch den Garten marschieren. Er rührt sich nicht in seinem Sessel und überlässt es dem Zufall. Vielleicht kommt der Einbrecher nicht zurück. Vielleicht fährt das Auto los, und er bleibt in diesem Haus zurück.

Seit einer Weile schon haben sich die Augen an die Dunkelheit gewöhnt. Eine Dunkelheit, die alle paar Minuten weicht. Dreimal, zweimal. Das

Dach aus Glas. Aus Glas, damit das Licht des Leuchtturms hereinkommen kann.
Der Eingang wirkt jetzt etwas einsam, anders als vorhin. Die Möbel haben sich herausgeschält.
Er ist nicht müde. Er hat überhaupt keine Lust, in diesem Haus einzuschlafen, auch wenn es hier noch so komfortabel ist. Der Fußboden ist aus Marmor, der Läufer sauber, als hätte nie jemand seinen Fuß darauf gesetzt. Auf dem Glastisch ist kein Fingerabdruck zu sehen.
Oben schläft die Familie. Wie viele mögen es sein? Die Behaglichkeit strömt die Treppe herunter, die Ruhe von dort breitet sich im ganzen Haus aus. Es ist nicht sein Haus. Doch seit ein paar Stunden relativieren sich die Dinge.
Der Mann kehrt zurück. Seine Lampe ist aus. Er bewegt sich langsam, aber er kennt den Weg. Er geht wieder an ihm vorbei, ohne ihn zu bemerken. Er denkt nicht an so etwas, er kann sich das nicht vorstellen. Die Luft um ihn herum gerät in Schwingung. Er hängt ein weiteres Bild ab. Jetzt wäre der Moment, aus dem Haus zu treten und mit dem Lieferwagen und dem Gemälde davonzufahren. Aber der Schlüssel würde nicht stecken. Nichts entgeht ihm. Das Vergnügen, in einem Sessel zu sitzen, während ein paar Meter weiter ein anderer für einen arbeitet. Es ist ein Zeichen von Macht. Wie oft haben ihn seine Gäste auf der anderen Seite des Tresens eingeladen, sich auf einen Barhocker neben sie zu setzen. Sie wollten ihn wie einen Freund, nicht wie den Wirt behandeln.

Oben geht Licht an. Man hat genau das Klicken des Schalters gehört. Die oberen Treppenstufen werden angeleuchtet. Nicht abrupt. Es gibt einen Übergang, einen schnellen zwar, aber es ist ein Übergang von der Dunkelheit zum Licht. Ein empfindsames Licht, das sich auf die Dinge legt, ohne sie aufzuschrecken. Ein liebenswürdiges Licht. Über den Boden laufen nackte Füße, fast ohne ihn zu berühren; um nicht zu stören. Sanft, langsam, verschlafen. Es sind ruhige, eher schwere Schritte. Unaufgeregt. Er selbst ist auch ruhig. Und der Mann mit dem Ohrring? Wer weiß. Doch kein Laut. Es bleibt still. Die Dinge sind genauso ruhig wie zuvor. Der Lichtstrahl des Leuchtturms wandert über das Glasdach wie immer. Die Schritte auf dem Boden über ihm halten inne. Das Klacken des Klodeckels an den Spülkasten. Ein Mann uriniert. Er möchte niemanden wecken. Er hat sich nicht im Klo eingeschlossen. Er musste kein Licht anmachen. Das Licht im Flur reicht aus. Reine Routine. Eine Nacht wie jede andere. Aufgestanden, um aufs Klo zu gehen. Würde er in die Küche hinuntergehen, würde er auf die beiden treffen. Nochmal Glück gehabt.
Die gleichen Schritte zurück ins Zimmer.
Die gleiche Ruhe des Mannes mit dem Ohrring.
Er selbst nimmt genau wahr, was um ihn herum vor sich geht, als hätte er gerade erst das Bier ausgetrunken. Ohne Kopfschmerzen. Dieses Gespür für die Gefahr baut ihn auf, beruhigt ihn. Er hat das, was mit ihm passiert, gänzlich unter Kontrol-

le. Das Äußerste, was ihm passieren könnte, wäre der Tod. Der Tod. Wer weiß. Vielleicht ist ihm der Gedanke neu. Vielleicht glaubt er nicht daran. Es kümmert ihn nicht weiter. Vielleicht hat er kein erhaltenswertes Leben hinter sich. Nichts ist geblieben, nichts, was die Mühe lohnt. Um etwas zu bewahren, musst du etwas haben. Seine mitgeschleppten Erinnerungen sind welkes Laub, Bürokratie, verbrannte Papiere, Tage, Ziffern, Drehbücher und Konzepte, nichts, die Asche, die das Leben ihm gelassen hat.

Und doch. An Gelegenheiten hat es nicht gemangelt.

»Du bist jung, sehr jung«, sagten sie zu ihm.

Und so funktionierte es. Er stand hinterm Tresen, und auch sie wollten davonlaufen. Nehmen wir mal an, sie wollten vor den Männern davonlaufen. Auf der anderen Seite des Tresens fühlten sie sich sicher. Eine physische Barriere zwischen beiden. Sie konnten reden, ohne angefallen zu werden.

Der perfekte Ort, um mit Frauen in Kontakt zu kommen. Es waren nicht viele, und sie kamen nie allein. Aber oft blieben sie. Der Ehemann schaute Fußball, trank, lachte mit anderen Männern. Sie blickte auf die Uhr in der Ecke hinter dem Tresen und schüttelte den Kopf.

Sie klagten. Am Anfang, zum Beispiel, über Fußball. Dann fing er an, in der schmutzigen Wäsche zu wühlen. Überall der gleiche Dreck. Ein

gemeinsames Terrain. Treffen wir uns mal und reden weiter.
»Du bist jung, sehr jung.«
Sogar seine Frau sagte das zu ihm.
Jung mit fünfundzwanzig, jung mit siebenunddreißig, jung mit dreiundvierzig. Nicht einmal das Wörtchen »noch« fügten sie ein.
Auch er hätte eine Frau aufgabeln, sich an ihren Schoß hängen und abschleppen lassen können. An Möglichkeiten fehlte es nie. Vor ein paar Stunden wollte die Frau aus dem Hotel anbandeln.
Der Weg der Frauen, die hinter den Tresen kamen. Er rief sie an, wenn der letzte Gast dabei war, das Lokal zu verlassen.
Er will nichts von Frauen wissen. Auch von seinen Freunden will er nichts wissen. Freunde sind eine andere Art Frau. Der Umgang mit ihnen, die Ergebnisse, liefen aufs Gleiche hinaus.

Hinter dem Tresen kann man auch Geschäfte machen. Inzwischen könnte er ein Haus wie dieses besitzen. Grundstücke, die zum Verkauf anstehen, Gelegenheiten, von denen du erfährst. In drei Monaten hat sich der Wert verdoppelt. Das ist ein paar Jahre her. Man begann mit einer kleinen Investition. Dann machte man mit dem erzielten Gewinn weiter. Man musste es nur mitkriegen. Die Informationen gingen über den Tresen. Auf dem Tresen das Musterbuch. Eine Gelegenheit nach der anderen. Manchmal durchs

Mithören, meistens als Berater: Falls du jemanden kennst, den das interessieren könnte ... Seine armen Gäste. Es gab fantastische Angebote. Er hat sie nicht wahrgenommen. Er hat die gesehen, die damit reich geworden sind. Gäste, die nicht mehr in seine Bar kamen, weil sie schon lange irgendwo anders wohnten. In Häusern wie diesem hier. Aber er hatte ein Erbe zu verwalten. Eine Hypothek auf die Bar aufnehmen? Hinter dem Rücken meines Vaters?, gab er seiner Frau zur Antwort.
Als sein Vater starb, hatten sich die Zeiten geändert. Da reichte eine Hypothek schon nicht mehr aus, und Geschäfte dieser Art wurden an anderen Orten gemacht, nicht mehr in seiner Bar. Zwischendurch gab es immer mal wieder ein Angebot. Wenn seine Frau davon erfuhr, antwortete er: »Aber wir haben doch alles!«
Er war feige, und er wusste es.

Vielleicht waren Kinder der Schlüssel zu allem. Wenn man Kinder hat, gibt es eine Zukunft. Wenn man keine hat, gibt es nicht mal eine Vergangenheit. Warum haben sie keine Kinder? Die Leere im Leben war zu groß, um Kinder in die Welt zu setzen. Das Leben war zu schmerzhaft, um sich noch mehr mit ihm zu verbinden.
Da er keine Kinder hatte, war das Leben furchtbar. Weil das Leben furchtbar war, hatte er keine Kinder.
Seine Frau hatte nicht darauf bestanden.

Warten wir ein bisschen. Warten wir, bis die Bar besser läuft. Eine Bar mit armen Gästen, in einer Gemeinde am Rand. Ohne irgendwelche Neuerungen. Wenige Straßen weiter wurde ein neues Lokal eröffnet. Ein modernes Lokal, ein Franchise-Unternehmen. Und plötzlich war das Viertel voller Jugendlicher. Sie kamen unter den Steinen hervorgekrochen und trafen sich dort. Ein Lokal aus Glas. Das pure Gegenteil von seinem. Von der Straße aus konnte man den Tresen sehen. Ein Schaufenster. Es stellte die Gäste aus. Er ging daran vorbei, nachdem er seine Bar abends geschlossen hatte. Das Lokal war immer noch voll. Gepflegte Jugendliche, wunderbar jung, Jugendliche, die bei ihren Eltern wohnten und arbeiten gingen, Jugendliche mit finanzieller Unterstützung, tagsüber in irgendeiner Firma beschäftigt und den Rest der Zeit damit, sich zu amüsieren, Partner auszuprobieren, bis sie meinten, nun sei der Moment gekommen, auszuziehen.
Ein glänzender Fußboden, Spiegel, in denen sie sich in die Pracht ihrer Jugend vertiefen konnten, Kellner, jung wie sie, alle gleich gekleidet; die Tagesgerichte wurden nur aufgetaut und schnell auf den Tisch gebracht. Ausländisches Bier. Im Vergleich dazu war seine Bar eine geriatrische. Und die Gäste waren immer die gleichen. Er kümmerte sich um die Sozialfälle, die anderen um die glänzende Gesellschaft.
Eines Abends war ein Stammgast mit seinem Sohn bei ihm aufgetaucht. Komm, wir gehen hi-

nunter und reden bei einem Bier. Beide arbeiteten in derselben Aluminiumwerkstatt als Handwerker. Der Vater ging auf die fünfzig zu, der Sohn war etwa fünfundzwanzig.
Er hatte sich selbst mit einem solchen Sohn gesehen, in gut fünfundzwanzig Jahren, als Siebzigjähriger.
»In seinem Alter«, sagte er, »hatte ich die Bar bereits sieben oder acht Jahre. Ich war verheiratet und hatte gerade angefangen, die Raten für die Wohnung abzuzahlen.«
»Man lebte anders«, sagte der Vater.
»Wenn du nichts änderst, bist du selber schuld«, antwortete der Sohn. »Ich kann hier und da arbeiten. Ich habe ein Auto, fahre, wohin ich will, kann mir, so oft ich will, eine andere Arbeit suchen. Ich bin frei.«
»Deine Freiheit ist nichts wert«, sagte er daraufhin, »du hast nichts zu verlieren.«
»Warum soll sie nichts wert sein? Ich brauche kein Geld auf der Bank. Hat man genug zum Sparen? Wunderbar. Hat man nicht genug? Vielleicht noch ein bisschen besser. Genieß das Leben, solange du jung bist.«
Zu seiner Zeit hätte man ihn als Schmarotzer bezeichnet. Heute sagen die Eltern nichts. Die Eltern selbst klatschen Beifall. Vielleicht haben sie etwas davon. Vielleicht brauchen sie Kinder, die so argumentieren. Kinder haben dem Leben der Eltern immer einen Sinn gegeben. Jetzt reicht man den Sinn von oben nach unten weiter. Der Sinn

hat sich in alle Bereiche ausgedehnt. Der Sinn, den die Kinder einem geben, ist wie ein Geschwür, das sich im ganzen Körper ausbreitet. Sie saugen einen völlig leer. Nicht nur wegen der Zeit, die du ihnen opfern musst, nicht nur, weil sie dich an einem Ort festhalten – als würden sie dich an einem zweiten Tresen festbinden –, sondern wegen der Art, wie sie sich in deinem Innern festsetzen. Sie zeigen dir, wie beschissen deine Welt ist. Sie führen es dir jeden Tag vor Augen. Sie, unbekümmert und glücklich. Obwohl ihr Leben nicht gerade üppig daherkommt; ohne Besitz, ohne irgendetwas. Alles in der Gegenwart. Aber dann stellt sich heraus, dass ihr Leben doch nicht so mies ist. Sie empfinden es nicht so. Sie sind genauso fähig, sich zu freuen, wie du. Du amüsierst dich nicht mehr wie vor zwanzig Jahren, hast es verloren, es war nur von kurzer Dauer. Sie würden es sich nicht so einfach nehmen lassen. Beim Münzenwerfen hast du die Zahl erwischt, das ist alles. Ein Sohn oder eine Tochter hätte ihm das unter die Nase gerieben. Er wäre nicht in der Lage gewesen, das auszuhalten.

Er steht auf. Ohne Eile bewegt er sich zur Tür. Er durchquert den Garten, ohne sich umzudrehen. Er hätte gerne das Haus besichtigt. Das Wohnzimmer, die Fenster zum Meer, er wäre gerne in das Esszimmer, die Küche, die oberen Zimmer gegangen. Ein anderes Leben. Nur um sich

eine Vorstellung zu machen, zu sehen, bis wohin dieses Glasdach reicht. Aber jetzt ist er unterwegs, der Lieferwagen wartet.
Er ist weit weg von seiner kleinen Wohnung zwei Straßen von der Bar entfernt. Von dem kleinen Schlafzimmer, das er mit seiner Frau teilt, seitdem er neunzehn ist.
Von ihr hat er sich nicht entfernt. Er hat die Bar aufgegeben, er ist weit weg von seinen vier Wänden, weit weg von seiner Stadt, von seinen Straßen. Seelisch. Von seiner Frau jedoch hat er sich nicht entfernt. Er hat sich deshalb nicht von ihr entfernt, weil er schon fort war. Vielleicht ist er ihr jetzt sogar näher. Als würde man einen Bekannten treffen, den man jahrelang nicht gesehen hat. Jemanden, mit dem man sich eines Tages gestritten hat und man erinnert sich nicht, warum.
Er schaut sich nicht um, ob der andere hinter ihm herkommt. Er überlässt es dem Zufall. Vielleicht hat der im Haus Probleme.
Die Schlüssel stecken nicht, doch die Tür ist offen. Er steigt in den Lieferwagen und setzt sich auf den Beifahrersitz.
Der Leuchtturm dreht sich.
Der andere kommt nicht.
Er steigt wieder aus. Er wird sich von dem Haus verabschieden, wie man sich von einem Dorfplatz verabschiedet, von dem man weiß, dass man ihn nie wieder sehen wird. Der Mann mit dem Ohrring macht ihm keine Angst. Es ist zu spät, um sich zu erschrecken.

Wieder einmal fühlt er sich in den Händen von jemand anderem. Die Eltern haben ihn an den Tresen gebunden, er sich an seine Frau. Vor einigen Stunden hätte er sich fast auf die erstbeste Frau eingelassen, die ihm über den Weg gelaufen ist. Vielleicht wartet er jetzt darauf, dass der Mann mit dem Ohrring ihn mitnimmt. Oder will er ihm folgen? Er kann nicht am Leuchtturm bleiben.
Der mit dem Ohrring schleppt ein weiteres Gemälde heraus. Er hält es vor sich wie ein Schild, mit der bemalten Seite nach vorne. Die Ölfarbe glänzt im Mondlicht. Man kann nicht erkennen, was darauf ist.
Er muss hier weg, sonst sieht ihn der Einbrecher. Er springt hinter einen Baum, fällt hin. Er sieht eine Wurzel und die Räder des Lieferwagens. Er sieht die Füße des Einbrechers, der die hintere Tür öffnet und mit dem Bild in den Laderaum steigt.
Er könnte ihn mit den beiden Gemälden hinten einschließen.
Wenn der andere den Autoschlüssel hätte stecken lassen.
Neben der Wurzel liegt ein Stein von der Größe eines Schuhs. Er versucht, den Stein auszugraben, aber er ist nass und glitschig, er zerkratzt ihm die Hand. Er ist so tief in der Erde, dass seine Finger anfangen zu bluten. Die Haut ist aufgegangen, ein Teil hat sich gefaltet wie ein Stückchen Stoff. Er leckt sich die Wunde. Mit der Zungenspitze schiebt er die Haut wieder dahin, wo sie hinge-

hört. Jetzt hat er Mineralien unter der Haut. Auch im Mund hat er Erde. Er presst die Vorderzähne zusammen, ein Steinchen wird zermalmt, oder ist es ein Stück abgesplitterter Zahn? Zwischen seinen Lippen ist feuchtschwarze Erde. Seine Kleidung ist voller Matsch. Es ist überhaupt nicht kalt. Er hält den Stein in der verletzten Hand. Es ist, als wäre er mit seinem Fleisch verwachsen. Die Hand zittert nicht. Es ist die Hand, die mit dem Stein verwachsen ist. Er ist ganz Gestein. Und jetzt wirst du es sehen.
Der Mann mit dem Ohrring dreht sich um. Er hat braune Augen. Der Lichtstrahl des Leuchtturms gleitet über seine nassen Pupillen, als käme er aus dem Innern der Augen. Er ist völlig ruhig. Damit hat er nicht gerechnet. Er hat auf die Haustür geachtet, nicht auf die Bäume am Waldrand. Erinnert er sich? Fällt ihm die Bar ein, in der er vor drei Tagen war? Erinnert er sich an den Mann, der sie bedient hat? Den Wirt. Der Einbrecher hat nicht die Zeit, seinen Arm zu heben. Er schlägt mit dem Stein auf seine Stirn. Er spürt den Schlag durch den Stein hindurch in der Hand, in den Knochen. Der Verletzte jammert, fällt zu Boden, hebt seine Hände stöhnend an den Kopf. Im Haus kann man ihn sicher hören. Er schlägt noch einmal mit dem Stein zu, diesmal auf den Hinterkopf. Der Verletzte liegt ausgestreckt auf dem Asphalt. Er keucht, die Hände am Kopf.
Die Schlüssel des Lieferwagens sind in seiner Hosentasche. Man kann sie unter dem Werkzeug-

gürtel spüren. Er greift hinein und nimmt sie heraus. Der Verletzte bewegt sich nicht, er atmet nur. Nichts Neues aus dem Haus. Kein Licht hinter den Fenstern. Die Stille trennt das Gebäude von der Außenwelt.

Er öffnet die hintere Tür des Lieferwagens, bückt sich und lädt den Verletzten auf seinen Rücken. Es ist ein hagerer Mann, nur Haut und Knochen. Er trägt ihn in den Laderaum. Er weiß nicht genau, ob er bei Bewusstsein oder ohnmächtig ist, aber der Körper ist fügsam. Er könnte ihm seine Brieftasche abnehmen, doch damit will er keine Zeit verlieren. Er würde sicherlich auch nicht viel darin finden.

Er wiegt nichts, er ist nur eine Bohnenstange, spindeldürr, oder vielleicht ist er selbst es, der das Gewicht nicht spürt? Der Ohrring glänzt neben seinem Auge. Er kann die Haut riechen, den Schweißgeruch, der aus dem Rollkragen des Pullovers kriecht. Der Mann hat bei der Arbeit geschwitzt. Er schiebt ihn in den Laderaum, rollt ihn hinein. Er ist bewusstlos.

Hinten stehen auf der Decke, durch ein Tuch getrennt, die beiden Gemälde. Wer weiß, wie viele er stehlen wollte. Die Gemälde stehen mit der Vorderseite zur Wand. Man sieht nicht, was drauf ist. Er beugt ihm die Knie. Jetzt kann er problemlos die Wagentür schließen. Peng. Man kann es im Haus hören. Aber das Haus wird vom Alltag abgeschirmt. Wenn wenigstens ein Hund da wäre. Aber wozu ein Hund, wenn man den Alltag hat?

Kein Licht ist angegangen. Er schließt die hintere Wagentür zu.
Er geht nach vorne. Wenn er jetzt den Motor anspringen lässt, muss er sich beeilen. Er dreht den Schlüssel, drückt das Pedal durch, das hat er noch nie gemacht, weder mit seinem noch mit dem Auto eines anderen. Obwohl es ihm zuerst unbestimmt erschien, ist alles sehr konkret. Die Räder rutschen weg. Der Regen, der Asphalt. Dann greifen sie, der Lieferwagen schießt los.
Er schaut in den Rückspiegel. Kein Licht im Haus. Vor sich sieht er Licht hinter einer Kurve. Es ist nicht der Leuchtturm, es sind zwei größer werdende Scheinwerfer. Sie krallen sich an die Stämme unterhalb der Baumkronen wie Hände an Gitterstäbe. Zwei immer größer werdende Katzenaugen. Vielleicht die Leute von der Sicherheitsfirma. Sie sind zu spät. Er wird an ihnen vorbeifahren. Sie können nichts dagegen tun. Sie werden nicht die Motorräder querstellen, um ihm den Weg zu versperren. Es wird keine Probleme geben. Er lässt das Fenster herunter, damit er die Motoren hört. Es sind keine Motorräder, es ist ein Auto.
Die Polizei.
Er fährt den Wagen dicht an den Straßenrand. Fast wäre er gegen einen Baum gefahren. Er macht die Scheinwerfer aus. Er kann nichts anderes tun. Wenn sie ihn anhalten wollen, werden sie ihn ohnehin anhalten. Sie müssen nur ihren Wagen querstellen. Der Weg zum Leuchtturm ist nicht breit. Er wird in den Wald fliehen.

Der blutige Stein liegt auf dem Beifahrersitz. Blut von seiner Hand und, dunkler, das Blut des Mannes. Unterschiedliches Blut an jeder Seite des Steins. Es hat sich nicht vermischt.
Noch ist Zeit. Er lässt das Fenster herunter und wirft den Stein auf die andere Seite des Weges.
Das Auto kommt näher. Er nimmt Bewegungen hinter sich wahr, im Laderaum. Der Gefangene ist wieder bei Bewusstsein, er rüttelt an der Tür.
Die Scheinwerfer beleuchten eine Baumgruppe an einer Böschung, genau vor der Kurve. Das Auto wird gleich vor ihm sein. Er duckt sich, versteckt sich, die Scheinwerfer tauchen in der Kurve auf und bewegen sich nach oben.
Der Verletzte versucht, die Tür zu öffnen. Er wirft sich dagegen. Der Lieferwagen schaukelt. Man wird denken, ein Pärchen treibe es da hinten.
Ihn kann man nicht sehen, da er sich tief weggeduckt hat.
Das Auto fährt vorbei. Dieser Motor. Er lehnt sich zurück, um in den Spiegel zu sehen. Es ist der Peugeot, der ihn zum Leuchtturm gebracht hat.
Er kann nicht erkennen, ob sie allein ist.
Die Bremslichter leuchten rot auf. Das Auto hält. Gleich darauf sind die weißen Lichter des Rückwärtsgangs zu sehen. Scheiße. Der hinten hat es auch gehört und rüttelt noch heftiger. Er hätte stärker zuschlagen sollen. Vielleicht verblutet der Mann. Er will nicht fliehen, er will nur überleben. Warum hat er ihn mitgenommen? Um herauszufinden, ob er sich an den aus der Bar erinnert? Hat

er sich vor ihm schützen wollen? Warum hat er das getan?
Es ist fünf Uhr in der Früh. Die Straßen sind leer. Sie werden ihn nicht kriegen.
Er setzt sich wieder hinter das Lenkrad. Jetzt schreit der Verletzte, brüllt wie ein Tier. Er verlangt nichts. Er brüllt nur.
Er wirft den Motor an.
Zu spät. Der Peugeot 306 hält neben dem Lieferwagen.
Sie ist allein. Sie lässt das Fenster herunter.
Man kann die Schreie hören. Im Rückspiegel sieht man nur einen Teil des Hauses. Nicht die Fenster. Er weiß nicht, ob im Haus die Lichter angegangen sind.
»Bist du noch hier?«, fragt sie.
Er schüttelt den Kopf. Der hinten schreit auf.
»Jemand schreit!«
»Fahr zurück ins Hotel.«
Er lässt den Motor an.
»Halt, warte!«
Der Lieferwagen startet. Der Verletzte fängt wieder zu schreien an.
Er fährt los, ohne dass sie noch etwas sagen kann. Sie bleibt einen Moment stehen, doch dann folgt sie dem Lieferwagen.
Einmal hat ihm eine Frau gedroht. Ich werde unsere Geschichte deiner Frau erzählen. Es war eine große Demütigung für ihn. Und er konnte erst wieder ruhig atmen, nachdem sie drei Monate lang nicht mehr aufgetaucht war.

Das Pedal ist am Anschlag. Es geht rasant abwärts, aber der Lieferwagen kann nicht schneller fahren, obwohl es kein schweres Fahrzeug ist. Die Wände sind so dünn, dass er das Gefühl hat, der Verletzte brülle ihm direkt ins Ohr.
Der rote Peugeot hat sich an ihn drangehängt. Frauen laufen einem immer hinterher. Der Boden ist nass, die Kurven scharf. Seine Frau sucht ihn inzwischen sicher auch. Der Verletzte taumelt von einer Seite zur anderen. Der Lieferwagen ist ein Leichtgewicht, vielleicht bringt der Mann, der auf das Blech einschlägt, den Wagen in einer Kurve zu Fall. Aber er bleibt mit dem Fuß auf dem Pedal. Die Schreie werden schwächer, bis nur noch ein Jammern zu hören ist.
Auf den geraden Strecken fährt sich der Wagen einfach und gradlinig, mit einem Gefühl der absoluten Kontrolle, als wäre er der Schuh am Fuß oder ein Teil des eigenen Körpers. Die Geschwindigkeit macht ihn ganz präzise. Er gleitet wie auf einer Ölpfütze dahin. Das Lenkrad könnte er mit dem kleinen Finger lenken, könnte den Wagen auf den geraden Strecken frei laufen lassen. Doch er beschleunigt schlecht, und der Tacho zeigt nie mehr als neunzig an. Der Zeiger bewegt sich nicht weiter, als seien die Neun und die Null eine Sperre. In den Kurven muss er bremsen. Aber alles ist leicht hinter dem Steuer, und das Fahren macht ihm Spaß. Und während er ausrechnet, um wie viele Millimeter er das Lenkrad in der Kurve drehen muss, während im Seitenspiegel die Bäume

hinter ihm kleiner werden, während er sieht, wie ernst und konzentriert sie in ihrem Auto sitzt, weil sie so schnell fahren muss wie noch nie, hat er noch genug geistige Energie, sich die geraubten Gemälde vorzustellen – oder beflügelt ihn die Geschwindigkeit gepaart mit dem leiser werdenden Stöhnen des Mitfahrers? –, Landschaften, Waldlandschaften, ein Weg, eine leicht verschwommene Figur, friedliche Szenen aus früheren Jahrhunderten, so sehr nach seinem Geschmack gemalt, dass sie ihm wie ein Traum erscheinen oder wie ein Wunder: kahle, große, grüne Felder, eine Baumgruppe mit dunklen Kronen, nur vier senkrechte Pinselstriche über Feldern und Moos, ein angenehmes Klima, ein Abend mit Sonne und Regen, eine weite, leicht wellige Fläche mit Futterpflanzen. In der oberen Hälfte des Gemäldes verfärbt sich der Himmel lila, aufgeplusterte Wolken wandern am Rand entlang, und durch eine schachtähnliche Öffnung in den Wolken stürzt das vom Regen glitzernde Licht unablässig vom Himmel über eine selbsterzeugte Treppe, der Finger Gottes zeigt auf ein paar Punkte in den nassen Feldern und überzieht sie mit einer Glasur, grüner Seidendamast auf grünen Feldern, dann plötzlich lässt der Finger einen Bauernhof weiß aufblitzen, ihn wie einen Heiligen erscheinen, vor der Tür die Tenne und eine hoch aufragende Zypresse, eine schwarzmarmorne Lanze.

Der Verletzte schreit wieder auf. Doch die Traumlandschaften in seinem Kopf dehnen sich aus. Sie werden weiter, weicher, bald werden es ganze Welten sein, Welten zum Entspannen, ein Universum aus zwei Planeten. Die Planeten vereinigen sich. Der Sturm, die Tramuntana, wird das Grün austrocknen. Er wird sich hineinlegen in diese Landschaften und in den Himmel schauen, auch wenn bis dahin aus den Leinwänden vielleicht schon Lumpen geworden sind, die Rahmen gebrochen und die Gemälde zertreten. Hinter ihm taumelt der Verletzte von einer Seite auf die andere. In jeder Kurve. Die grünen Felder, der Bauernhof, die Zypresse. Alles voller Blut.

Er rast den Hügel hinunter, so schnell er kann, ihr Auto hinterher. Er hat das Fenster wieder zugemacht, hat sich im Lieferwagen eingeschlossen, mit seinen Landschaften und seinem Gefangenen. Er wird durch die Stadt fahren, nicht auf die Autobahn. Dort würde er die Frau hinter sich niemals loswerden. Der Lieferwagen ist nicht schnell genug. Er muss so lange durch die Straßen fahren, bis er sie abgeschüttelt hat. Noch vor sechs werden die Arbeiter auf der Straße sein. Sie wird ihn nicht einholen können.
Warum verfolgt sie ihn? Sie weiß nicht, was passiert ist. Die Schreie hätten sie eher erschrecken müssen. Aber er kann sich in ihre Neugier hineinversetzen. Die Neugier, ein mächtiges Gefühl.
Der Verletzte schreit. Der Fahrer antwortet ihm, er schreit lauter. Der andere antwortet. Sie strei-

ten sich brüllend. Die Schreie des Fahrers sind länger. Sie fangen im Kehlkopf an, lassen die Zähne vibrieren, besetzen den Schädel, wandern dann in die Brust hinunter, lassen, von außen sichtbar, die Rippen erzittern, den Magen, die Beine, die Füße bis in die Fußspitzen und das Gaspedal, das nicht noch weiter durchgedrückt werden kann. Und dann verliert der Wagen in der Kurve den Kontakt mit dem Boden, die Räder kommen ins Rutschen und der Lieferwagen hängt mit dem Hinterteil im Straßengraben. Er steht schief, kippt aber nicht um.

Der Peugeot fährt hinten auf. Ein kompakter Stoß und die Rückleuchten zersplittern. Er spürt einen heftigen Schmerz im Rückgrat. Doch gleich darauf ist ihm zum Lachen zumute. Er schlägt mit der Faust auf das Lenkrad, die Hupe ertönt. Er stößt den lautesten Schrei dieser Nacht aus. Danach herrscht Stille. Der Lieferwagen ist eingequetscht zwischen Asphalt und Böschung.

Sie steigt aus dem Auto.

»Bist du verrückt geworden?« Und sie streicht mit der Hand durch ihre glatten, hinten zu einem Pferdeschwanz gebundenen Haare.

Er betätigt die Zentralverriegelung, schließt sich im Lieferwagen ein. Sie klopft ans Fenster, schlägt fester, mit den Handflächen.

Er versucht, den Motor anzulassen, der springt an, doch als er den Gang einlegt, auf das Gaspedal tritt und die Kupplung loslässt, drehen die Räder auf der nassen Erde durch. Der Motor zittert, die

Räder drehen schneller, aber sie greifen nicht. Die Hälfte des Lieferwagens ist im Straßengraben; der Boden sitzt teilweise auf. Man muss ihn entweder anschieben oder herausziehen.
Der Verletzte rührt sich nicht. Er überlegt, ob er die Ladetür aufmachen und die Gemälde herausholen soll. Doch vielleicht ist es eine Falle und der Verletzte tut nur so, als wäre er bewusstlos, ist auf der Lauer und wartet darauf, dass die Tür aufgeht. Aber er ist ja nicht gekommen, um zu stehlen. Um Geld geht es ihm nicht. Er hat nie Geldprobleme gehabt, und jetzt wird er auch keine haben. Das Einzige, was er will, ist fliehen, davonlaufen. Vor was auch immer. Fliehen. Vor einem Mann, den man verletzt hat, zum Beispiel, oder vor einer Frau. Dafür dankt er ihr sogar.
Er öffnet die Tür. Beim Aussteigen sagt er:
»Steig ins Auto. Wir fahren weg.«
»Und der Lieferwagen?«
»Los, beeil dich.«
Sie hört auf ihn und steigt in den Peugeot. Er steigt auf der anderen Seite ein. Der Motor ist aus. Sie dreht den Schlüssel, er springt an, aber das Auto fährt nicht los.
»Scheiße«, sagt die Frau.
Der Mann öffnet die Tür und steigt aus. Er geht hinten ums Auto herum, öffnet die Tür der Frau, zerrt sie heraus. Die Schlüssel tanzen am Schloss. Er steigt ein, schaltet den Motor aus, startet neu. Doch die Räder bewegen sich nicht.
»Scheiße«, sagt auch er.

Er hätte sie hier stehen lassen und mit dem Peugeot fliehen können.
Sie klopft den Dreck von ihrer Hose. Er hat sie auf die Erde geworfen, als er sie herausgezerrt hat. Dann geschieht etwas völlig Unerwartetes. Die hintere Tür des Lieferwagens öffnet sich. Der Mann kommt heraus, aber er gleicht einem Toten. Er fällt, steht irgendwie wieder auf, greift mit seiner Hand an den Werkzeuggürtel und nimmt einen Hammer, hebt ihn hoch. Er zittert in seiner Hand. Mehr, als dass er ihn hält, klammert er sich an ihn und wankt auf die beiden zu.
Er ist völlig ruhig, denkt, dass er wiederholen wird, was er schon tausend Mal getan hat, und er hat immer noch nicht genug davon, er spürt die Freude an der Gefahr, die Gewissheit, dass ihm nichts passieren kann, und schaut auf die Frau an seiner Seite, mit verstrubbeltem Pferdeschwanz und weit aufgesperrten Augen, und er lächelt ihr zu, denn der heranschwankende Mann mit dem Hammer in der Hand wird die Strecke nicht schaffen, er wird sie beide nicht erreichen. Jede Bewegung fällt ihm schwer, sein Gesicht ist hochrot und verschwollen, die Haare von Blut verklebt, er hat ein Loch im Kopf, eine Wunde, wegen der er nicht sprechen kann, nicht um Hilfe bitten, nicht drohen. Das Einzige, was er tut, ist, diesen Hammer hochzuhalten, um sich zu verteidigen, und die beiden sitzen wie zwei Zuschauer bequem im Theater. Er wird ihnen nichts antun. Im Gegenteil. Er stürzt vor ihren Augen.

»Was sollen wir machen?«, fragt sie.
»Noch einmal draufschlagen«, antwortet er.
Sie lassen ihn auf der Erde liegen.

Er rennt los und lässt sie mit dem Verletzten zurück. Er springt auf die Böschung, ohne sich umzuschauen. Er flieht vor der Frau, flieht vor dem Verletzten, flieht vor dem Leuchtturm. Er genießt das Rennen. Der Wald ist nass. Er atmet frisches Wasser ein, seine Lungen sind voll davon. Er trinkt es. Er springt über die niedrigen Büsche, und zwischen zwei Bäumen blickt er zurück, ohne mit dem Rennen aufzuhören, und er sieht die Frau nicht.
Einen Moment später hört er Zweige knacken, nasse Zweige, und Wassertropfen auf das Laub am Boden fallen, auch sie rennt den Wald hinunter.
Das entmutigt ihn. Die Erregung lässt nach, die Müdigkeit macht sich bemerkbar, die Beine aber beschleunigen noch von selbst, vom Körper befreit, die Muskeln können die Beine nicht halten. An einem Baumstamm bremst er mit der verletzten Hand, absichtlich, er will den Schmerz spüren und wach werden. Er sieht ein paar Brombeersträucher, springt, doch der rechte Fuß verhakt sich, die nassen Dornen dringen durch die Socken und bleiben in der Haut stecken, zerkratzen ihm das Bein und sind gleichzeitig erfrischend ... Sie halten ihn am Knöchel fest.
Er fällt.

Am Boden hört er sein eigenes Keuchen und ihre Sprünge, sie kommt näher, dann hört er einen Moment lang nichts, nicht einmal Schritte. Sie springt auf ihn wie ein Raubtier auf seine Beute, und jetzt liegen beide laut keuchend nebeneinander. Ihre Hand greift nach seinem Pullover.

»Wo rennst du hin?«, schreit sie ihm ins Ohr, ohne die Stimmbänder zu benutzen. »Wo willst du hin?!«

2

Sie liegen ruhig im nassweichen Unterholz. Beim Atmen drückt die Frau ihre Rippen gleichmäßig in seinen Rücken.
»Schau«, sagt sie.
Durch die Stämme hindurch sieht man, eingebettet zwischen Hügeln und Meer, einen schmalen Streifen Land. Das Licht dringt noch nicht bis hierher unter die Bäume, aber es wird Tag. Die Meeresfläche ist grau wie der Himmel. Es regnet nicht, aber überall hängt die fahle Farbe des Regens. Die Berghänge rauchen, als würden sie von innen brennen. In einer feinkörnigen Abstufung von Grautönen fließen die Umrisse ineinander, beginnend unten am Meer bis ganz hinauf, ein hintereinander geschichtetes Grau in Grau. Der Horizont über dem Meer hat sich verwischt. Ein kühlschrankgrauer Himmel. Ein durchscheinender Vorhang vor den hintersten Bergen und dem Meereshorizont.
Die Straßenlaternen brennen noch. Ein Lichthof umhüllt sie. Die Arbeiter auf ihrem Weg in die Fabrik haben die Autoscheinwerfer noch nicht ausgeschaltet. Die Straße ist voll. Bald ist es sieben.
Sie zeigt auf etwas. Ein blaues Licht, das sich dreht. Ein kleiner, rasender Leuchtturm auf der Straße. Die Autoschlangen teilen sich und die Fahrzeugkarawane öffnet sich wie ein Reißver-

schluss, um das Blaulicht des Krankenwagens oder der Polizei durchzulassen.
Weiter unten ein zweites Martinshorn. Die Autoreihen schließen sich, bilden wieder zwei parallele Reihen, doch gleich müssen sie sich wieder öffnen, um das nächste Fahrzeug durchzulassen.
»Die Polizei«, sagt er. »Geh wieder nach oben.«
Sie schüttelt den Kopf. Er schiebt sie von sich, steht auf, lässt sie auf der Erde sitzen und rennt wieder los, den Hang hinunter.
Doch die Frau rennt hinterher.
»Warte!«, schreit sie hinter ihm.
Sie rennen weiter. Hinter den Bäumen sieht man jetzt, zwischen verlassenen Feldern mit hohen, grüngrauen Büschen, einige bestellte Äcker. Die weiter weg liegenden Felder verschmelzen mit der Himmelsluft, denn der Himmel kondensiert und sackt dann langsam über den Feldern zusammen. Oder aber die Felder verdunsten im Himmel. Die ganze Landschaft ist Verwirrung.
Die gerade, parallel zur Küste verlaufende Straße sehen sie jetzt nicht mehr, nur noch eine schwarze, neu gebaute Autobahn, breit zwischen den nackten Hügelwänden, die man aufgeschnitten hat, um der Autobahn Platz zu machen. Sie windet sich, bis sie in einem Tunnel verschwindet. Die Autos fahren aus Barcelona heraus oder hinein. Der Asphalt will glänzen, doch der aufsteigende Dampf lässt es nicht zu. Nur die Zweige vor ihnen glitzern, mit den daran hängenden Wassertropfen.

Die Bäume hören auf, vor ihnen Äcker, dahinter die Brachen und schließlich das Gewerbegebiet mit den grauen, an der Autobahn klebenden Flachdachhallen. Ein dreidimensionales Puzzle. Straßenlaternen sind an den Betonwänden befestigt. Sie scheinen auf die noch nassen Wände, auf denen man in verwitterter Schrift lesen kann: Fibromax, Modacolor, Plenoestilo ... Auf der Fläche des Parkplatzes verbreiten sie eine gleichmäßige Helligkeit. Die einzelnen Parkplätze sind mit weißer Farbe markiert. Ein paar Autos parken ein. Andere aus. Einige Arbeiter beginnen mit ihrer Arbeit, andere beenden die Nachtschicht.
Das Martinshorn kommt näher. Sie nehmen den Weg zum Leuchtturm, dessen Schein langsam schwächer wird, wegen des Regens und des anbrechenden Tages.
Sicher hat jemand, der oben war, den Verletzten mitgenommen. Deshalb auch kein Krankenwagen.
Das Martinshorn nähert sich immer schneller. Es sind zwei Polizeiautos. Sie fahren dicht an ihnen vorbei.
»Warte!«
»Geh endlich zurück zu deinem Auto!«
Die Frau bleibt stehen und antwortet keuchend:
»Ich kann nicht zurück zum Auto! Ich kann nicht zurück ins Hotel!«
Er bleibt stehen. Sie holt ihn ein.
»Hör auf, hinter mir herzurennen. Keiner kennt mich hier. Niemand weiß, dass ich hier bin.«
»Das Auto gehört mir nicht«, antwortet sie.

»Geh zurück!«
Er stößt sie auf den Boden. Sie steht wieder auf. Ihr Pferdeschwanz ist voller Blätter.
Man hört kein Martinshorn mehr, stattdessen die Türen der beiden Autos.
Sie laufen weiter, rennen können sie nicht mehr, doch nicht in die Richtung der Felder. Sie marschieren am Berg entlang, nicht auf der Meerseite, sondern am seitlichen Hang. Sie geht hinter ihm. Der Wald besteht aus Steineichen und Johannisbrotbäumen. Es sind Bäume mit dunklen Stämmen und Kronen. Sie können nicht mitten durch die Felder hinunter, nicht außerhalb des Waldes laufen, man würde sie von oben sehen.
Ohne zu rennen, kann man wieder gut durchatmen, die Natur riecht frisch. Doch der Geruch schmerzt. Von der Müdigkeit und der Gewalt fühlen sich ihre Lungen an wie rohes Fleisch. Der Boden ist mit Blättern und Pflanzen bedeckt. Jetzt, wo sie die Füße fest aufsetzen, rutschen die Schuhsohlen mehr als zuvor beim Rennen.
Dann öffnet sich der Wald. Sie stehen in einer versteckten Lichtung, kein Baum. Ein Heer von Feigenkakteen zieht sich vor der Sonne zurück, verteidigt sich mit Piniennadeln und den umstehenden Johannisbrotbäumen. Glänzende Feigenkakteen, vom Regen sauber gewaschen. Ein Wald aus grüner Keramik. Himmelsöffnung und Matratze aus Nägeln.
Sie marschieren wortlos an der Lichtung entlang, das Dickicht der Feigenkakteen ist undurchdring-

lich, es gibt Hunderte, eine Dornenmasse, man kann da unmöglich durchgehen, man könnte sich nicht einmal darin verstecken.

Wir sind Hunde; wir haben den gleichen Drang, einen Herrn zu finden. Man wird als Hund geboren, als ein bedürftiges Tier. Das ist das einzige Wissen, mit dem man auf diesem Planeten ankommt.
Sie ist hinter ihm. Sie ist ihrem Mann davongelaufen und läuft bereits einem anderen hinterher. Und er lässt es zu.
Sie haben den Asphaltweg zum Leuchtturm überquert. Einen Moment lang haben sie sich nicht gerührt, um zu hören, ob ein Auto kommt. Nichts. Die Polizei ist noch oben.
Wie eine Insel steigt die Stille des Hügels aus der Masse der mit dem anbrechenden Morgen dichter werdenden Geräusche der Ebene hervor. Wie das von oben dringende Licht kämpft sich das städtische Rauschen mühsam von unten hoch, zusätzlich gefiltert durch die feuchte Atmosphäre.
Ein Bergausläufer verlängert den sanft abfallenden Hang unter der Autobahn. Eine mächtige Brücke markiert das Ende des Tals mit einer Narbe aus Beton. Die Brücke überquert das Tal auf fünf gigantischen Pfeilern, fünf Riesenarme ragen aus der Erde und tragen das schwarze Asphaltband.
Ihre Haare sind nass, die Zweige über ihnen haben sie nach hinten gekämmt, zwei, drei kleine

Blättchen haben sich darin verfangen. Ihr Pferdeschwanz hat sich gelöst, und das Haar fällt über ihre Schultern.

Unter den hohen Pfeilern eine gespenstische Stimmung, eine ungastliche Zuflucht, ein nutzloser, absolut leerer Raum. Am Fuß des einen Pfeilers verblasste Graffiti aus runden, aufgeblähten, absurden Buchstaben. Die Zahlen darunter besagen, dass sie vor fünf Jahren aufgesprüht wurden. Über sich hören sie das Knacken der Dehnungsfugen, wenn die Räder der Autos darüberrollen.

Der Beton ist noch nicht trocken. Tropfen sickern aus einer dunklen Stelle am Bauch der Brücke. Sie fallen in eine Pfütze, aus der ein klägliches Rinnsal fließt. Es versiegt, ehe es irgendwo ankommt.

Das Echo wiederholt das Tropfen und gibt den Takt für die Schritte der beiden vor. Er würde gerne schreien, mit der Stimme die Höhe der Brücke ausmessen, die Decke berühren.

Hinter der Brücke kommt eine Mulde. Das Terrain ist nicht mehr eben. Sträucher, Unordnung, ein Schuttabladeplatz mit einer Badewanne und einer Kloschüssel. Der unasphaltierte Weg führt in die Stadt, an einem Bach entlang, der unten, vier Pfeiler weiter, unter der Brücke durchfließt. In dem Bach ist noch ein Faden dunklen Wassers. Er verliert sich zwischendurch im Sand und unter den Büschen und taucht ein paar Meter weiter wieder auf. Man kann dem Bach hinterherschauen, kahle Pappeln säumen seinen Lauf. Dazwischen immer wieder Stellen mit Schilf.

Aus einem Stück Wiese mit hohem, trockenem Gras fliegen ein Dutzend Vögel auf. Sie zeichnen eine Welle aus Punkten in die Luft, die über der Ebene abschwillt und sich in Nichts auflöst.
In der Ferne, zwischen den Feldern, steigt dicker, weißer Rauch auf. Man kann die Flammen am Boden nicht sehen. Die Rauchwolke steigt direkt aus der Erde auf, wie aus einem Schornstein. Es fällt ihr schwer, sie muss mit Händen und Füßen nachhelfen, als ob der ganze Himmel auf ihr lasten würde und der weiße Rauch aus kraftlosen Muskeln bestünde, unfähig, die Decke hochzustemmen, um sich einen Raum zum Atmen zu schaffen.
Manchmal verliert der Rauch seine Kraft und weicht nach den Seiten aus. Bezwungen, verweht er über der Ebene. Er ist zu schwer, der nasse Rauch, er schleppt sich dahin und lässt sich von der feuchten Luft forttragen. Als der untere Teil dieses weißen Vorhanges in eine Richtung aufgezogen wird, sieht man seltsamerweise immer noch kein Feuer. Das Dornengestrüpp, das dort verbrannt wird, ist zu grün. Dann erscheint kurz die Silhouette eines Bauern mit einer Heugabel, aber er verschwindet sofort wieder im Rauch.
Man sieht eine Holzkonstruktion: das Gerüst eines Treibhauses aus dünnen Baumstämmen und dicken Plastikfolien. Die zerrissenen Folien, mit rostroten Nägeln auf den schwarzen Rippen des Treibhauses festgehalten, flattern in der Luft. Verfault, zerschlissen, ein atmendes Tier ...

Auf einer Seite des Weges fährt ein gelber Bulldozer rückwärts, das elektronische Piep-piep-piep ertönt. Er bewegt sich zwischen zwei Kiesbergen vor und zurück. Mit der Baggerschaufel in der Luft transportiert er den Kies von einem Haufen zum anderen.
»Wir müssen hier raus«, sagt er.
Sie kommen unter der Brücke hervor, nehmen den Weg in Richtung Bulldozer. Sie brauchen eine Weile, bis sie dort angelangt sind. Der Bulldozer übertönt alles andere. Der Fahrer schaut sie an, sagt aber nichts.
Weiter vorne steht ein kleines Haus mit weiß getünchten Mauern und einem rauchenden Kamin.

Das Leben ist hart. Das wäre eine mögliche Zusammenfassung und Rechtfertigung. Diese Worte rechtfertigen alles, sind Trost für alles. Rechtfertigung und Trost sind das Einzige, was man braucht. Deshalb hat er mit dem Stein auf den Mann eingeschlagen.
Die Wellenbewegungen der Landschaft brechen abrupt ab, hinter der Brücke wurden sie weggekratzt, um die flache Schublade zu schaffen, in der der gelbe Bulldozer hin- und herfährt. Das Gelände einer Baufirma. Kranteile liegen herum, der Metallturm, auseinandergenommen in acht oder zehn Einzelteile, übereinandergestapelt. Ein Kran mit horizontalem Ausleger auf einem sehr kurzen Turm, der wohl dazu dient, die unter ihm liegen-

den anderen Kranteile zu bewegen. Eine Mischanlage steht dort, auf einem Band fährt Zement hoch wie auf einer Rolltreppe. Das Material fällt hinunter und vermischt sich mit dem Sand von einem anderen Band. Es gibt Berge von Sand, Kies und verschiedenen Erden mit einer schwarzen Haut, nass vom Regen der vergangenen Nacht. Das große, verrostete Silo mit zwei roten Streifen, wo der Zement aufbewahrt wird, steht auf vier dünnen Beinchen.
Ein Mann mit gelbem Schutzhelm dirigiert von unten die Bewegungen des Bulldozers. Ab und zu gibt er dem Fahrer ein Zeichen. Hinter ihm steht ein Bürocontainer mit Metallwänden und kleinen Fensterchen. Innen ist Licht, durch die Fenster sieht man einen Mann im Jackett. An einer Wand hängt eine gelbe Zeichnung mit einer Burg, darunter der Schriftzug: Bauunternehmen Castillo.
Der Boden ist matschig. Auf dem breiten Weg haben die mächtigen Reifen der Bulldozer und Lastwagen eine Zeichnung hinterlassen. Lastwagen so groß wie die neben den Sandbergen. Die Gräser in der Mitte des Weges bilden eine unregelmäßige Linie wie die Kruste einer Wunde.
Die Schuhe sind schwer geworden, die Socken durchnässt. Als sie aus dem Unterholz mit dem zugewachsenen Boden herausgetreten sind, haben sich die Sohlen mit Matsch vollgesogen.
Sie wissen nicht, wohin sie gehen, doch die Stadt ist nicht allzu weit. In der Stadt gibt es die Wärme der Bars, der belebten Orte mit vier Wänden drum

herum. Sie stehen am Fuß des Berges, in einem Tal, doch gibt es kaum Bäume hier. Die Landschaft ist nach allen Himmelsrichtungen offen, und sie fangen an zu frieren.
Der Weg führt sie an der Anlage entlang. Sie kommen an einem Parkplatz vorbei: ein paar Autos, ein blauer Lieferwagen mit der gelben Zeichnung der Burg (Bauunternehmen Castillo) und ein imponierender schwarzer Geländewagen.
Auf dem Weg sind Pferdespuren zu sehen, eingestanzte Hufeisen, jedes mit sieben Löchern, eines pro Hufnagel.
Sie haben das Blöken eines Schafes gehört. Ein kurzes, schwaches Blöken. Am Rand des Weges bückt sich ein Mann über ein paar Stauden und pflückt Kräuter, ein abgemagerter Alter, mit silbrigem, nach hinten gekämmtem Haar. Er trägt eine Samthose und ein Jackett mit Flicken am Ellbogen. Das Schaf steht neben ihm, den Bauch voller Matsch, der wollige Schwanz reglos. Der Alte hat ein Büschel in seiner Hand. Lange, nasse Gräser, ohne Blüten. In der anderen Hand eine Plastiktüte aus einem Supermarkt mit etwas Leichtem darin. Als er sich aufrichtet, sieht man, dass er auch sonst gebückt geht. Das Schaf folgt ihm wie ein Hund.
Das Aussehen des Paares überrascht ihn. Sie sind nicht ganz jung. Ihre Kleider sind nass, die Hand des Mannes ist blutig. Er hat Kratzer im Gesicht. Sein Hosenbein ist dunkel bis zum Knie. Sie müssen auf dem Boden gelegen haben.

»Guten Tag«, sagt er.
Der Mann mit dem Schaf ist auch nicht besonders gut angezogen. Seine Kleider sind zwar trocken, aber sicher schon zehn Jahre alt.
»Guten Tag«, antworten sie.
Sie überholen den Alten und das Schaf, gehen aber in dieselbe Richtung.
Hinter ihnen der Gestank des Tieres. Der Alte folgt ihnen seitlich. Das Schaf läuft hinterher. Sie gehen weiter, als sei nichts, doch sie hören genau, wie er seine Schritte beschleunigt.
»Was für ein Wetter«, sagt der Alte hinter ihnen.
Der Mann nickt mit dem Kopf, dreht sich aber nicht um.
Ab und zu bleibt der Alte stehen und pflückt Gräser. Doch kurz darauf kehrt er auf den Weg zurück. Er folgt ihnen.
»Suchen Sie jemanden?«, fragt er nach ein paar Metern.
Das Paar bleibt stehen. Das Schaf überholt sie.
»Nein«, sagt er.
»Wir gehen spazieren«, sagt sie.
»Gute Zeit zum Spazierengehen«, meint der Alte mit dem Schaf. »Schade, dass es geregnet hat. Ist Ihnen nicht kalt?«
Er schüttelt den Kopf und läuft weiter.
»Wir gehen jetzt nach Hause«, sagt sie.
»Zu Fuß?«
»Unser Auto steht weiter unten.«
Sie laufen weiter, gefolgt von den Schritten des Alten. Am Schluss das Schaf, das mitten durch die

Pfützen und den Matsch trottet, denen sie ausgewichen sind.
Die Stadt ist immer noch weit entfernt, doch nun, nachdem sie unten am Hügel angelangt sind, kann man das halbe Dutzend Kräne zwischen den Gebäuden besser sehen, und es wird deutlich, wie groß das Hochhaus ist, ein gewaltiger Monolith aus Tausenden kleinen Würfeln. Keiner der Kräne ist auch nur halb so hoch. Selbst der Kirchturm, höher als die anderen Gebäude, reicht ihm nur bis zur Taille.
»Haben Sie das Martinshorn gehört?«, fragt der Alte.
»Welches Martinshorn?«
»Sie müssen hier irgendwo in die Nähe gefahren sein, sicher zum Leuchtturm. Haben Sie es nicht gehört?«
»Da waren wir wahrscheinlich auf der anderen Seite des Berges.«
»Hier kommen sie nie her. Hier wohnt ja niemand«, sagt er und bewegt seine Hand zur Stirn des Schafes. »Wir hier sind nicht so wichtig. Nicht wahr, Tranquilla? Hierher kommen nur die Lastwagen und manchmal der alte Bauer von da unten, der mit dem Rauch, der hat weiter drüben ein paar Äcker. Doch der Weg ist schlecht, wie Sie selbst merken. Und mit den vielen Lastwagen hier und den Baggern haben die Menschen keine Lust mehr. Sonntags kommen Ausflügler hierher. Wanderer. Und auch Motorradfahrer. Die sind wirklich gefährlich.«

Das Schaf hinterlässt eine Spur schwarzer Kügelchen. Der Weg scheint nie zu enden. Wohin gehen der Alte und sein Schaf? Sie laufen an einer alten, steinernen Agave vorbei, ihre Blüte, baumhoch, ragt aus der Mitte heraus und neigt sich über den Weg. Drei Schuppen stehen mitten auf ein paar schmalen Feldern, deren Pflugspuren der Wellenbewegung des Geländes folgen. Der Weg zu den Schuppen wird von einem Bettenrost ohne Füße versperrt. Auf einem kleinen Holzschild steht mit gemalten Buchstaben: »Durchgang verboten«.

Das Schaf ist zurückgeblieben.

»Tranquilla«, ruft der Alte und pfeift nach ihm.

Mit der Tüte schlägt er an sein Hosenbein, mit der anderen Hand hält er dem Schaf das Büschel Gräser hin. Das Tier versteht ihn und kommt zu seinem Herrchen.

»Komm, Tranquilla, das Frühstück ruft. Wir werden diese beiden Herrschaften hier zum Frühstück einladen.«

Die anderen bleiben stehen.

»Ich habe auch Betten«, sagt er. »Da drüben.«

Neben dem Haus steht ein alter Feigenbaum. Sein Stamm ist so dick, dass er fast wie ein Hals aussieht. Er erinnert an einen auf dem Kopf stehenden Tintenfisch. Am Fuß des Feigenbaumes breitet sich ein schwarzer Teppich aus. Was vor einigen Monaten noch große Feigenblätter waren, ist vertrocknet und hat sich zersetzt.

Sie lassen einen verfallenen Schuppen ohne Dach hinter sich. Entlang des Weges reihen sich hintereinander ein paar Holzmasten mit einem herunterhängenden schwarzen Kabel. Es bringt Strom zu dem Haus.

Es ist ein altes Haus. Klein, einstöckig. Die Dachziegel ausgebleicht, bedeckt mit graugrünen Flechten. Die dicken Steinwände noch nass vom Regen. Kleine Fenster mit Gittern aus zwei oder drei ungleichen Stangen, dann ein Metallnetz mit Rahmen, dahinter eine verstaubte Scheibe mit einem Sprung, bei einem Fenster ist die Scheibe zerbrochen, und dann schließlich der innere Fensterladen aus verwittertem Holz.

»Hier lang«, sagt der Alte.

Ein winziges Bauernhaus mit einer runden Tenne davor, ziegelrot, durch die Feuchtigkeit nachgedunkelt, eingefasst von einem halb zerfallenen Mäuerchen, ein paar herausgebrochene Ziegel, ein Stück weiter eine rechteckige Zisterne mit schmutzig weißen, abgeblätterten Wänden, bis oben hin voll mit schwarzem Wasser. Alles einmal gebaut für die Bestellung von Ackerflächen, auf denen nichts mehr angebaut wird, überwuchert mit verdorrtem, mannshohem Gras.

In einer Lücke im Dornengestrüpp ist ein kleiner Gemüsegarten angelegt. Mit Metalldrähten gezogene Linien auf der umgegrabenen Erde. Drei Kletterhilfen aus Schilfrohr im Boden für die Bohnen im Sommer. Es wachsen Kartoffeln, Artischocken, ein paar Kohlköpfe. Zwischen den Furchen

stecken Stöcke. An einem hängt oben eine Plastiktüte aus einem Supermarkt. Als Vogelscheuche. Sie zittert bei jedem Windstoß. Andere sind wie Angelruten geneigt und an ihrer Spitze ist mithilfe einer Schnur ein Stückchen Spiegel befestigt, der sich um sich selbst dreht. Spiegelt sich die Sonne darin, bohrt sich ein Stück Glas in den Blick.
Weiter unten ist ein aus Holzbrettern und Fliegengitter zusammengezimmerter Hühnerstall mit einem Dach aus Eternit, doch kein einziges Tier ist zu sehen. Uralte Federn liegen verstreut auf dem Boden. Neben der Tenne ein Stapel Brennholz, unterschiedlich große Scheite und Holzsorten. Ein Bündel mit trockenen Zweigen, um Feuer zu machen.
»Hier lang.«
Ein Teil des Daches ist eingestürzt. Die Fernsehantenne ist mit einem schwarzen Draht festgemacht. Am Rand des Schornsteins fehlt ein Stück. Von oben nach unten verläuft ein Riss. Ein dünner Faden Rauch steigt empor. Bei Wind quillt er auch aus dem Riss.
Die Tür ist mit einer Kette verschlossen. Es ist eine alte Tür. Die Bretter sind aufgequollen. Sie wurde schon lange nicht mehr gestrichen. Daneben ein winziger offener Anbau, Stroh liegt herum, und eine Holzleiter lehnt an der Wand.
»Kommen Sie herein.«
Sie zögern, denn innen sieht man nichts. Aber sie riechen den Gestank des Schafes. Der Geruch des brennenden Holzes legt sich wie ein Parfüm über

diesen Gestank. Als die Augen sich an die Dunkelheit gewöhnt haben, sieht man hinter dem Tisch einen kleinen Kamin mit zwei glühenden Holzscheiten, die, verzehrt durch das Feuer, klein geworden sind; in dem Bett aus Asche sind sie auseinandergefallen wie zwei schlecht ausgedrückte Zigaretten.

Die gekalkten Wände sind schwarz vom Rauch. Auf den Möbeln liegt Staub und Asche.

Bevor die beiden eintreten, blicken sie sich einen Moment lang an. Er nickt. Sie lächelt. Zwischen ihnen ist eine Pause eingetreten.

Der Alte mit dem Schaf schwenkt die Plastiktüte: »Ich weiß nicht, ob das für alle reicht. Aber sie will nichts davon. Nicht wahr, Tranquilla?«

Er schaltet das Licht an. Unter den Holzbalken an der Decke hängt eine Glühbirne über einem Tisch, der so alt ist wie das Haus. Er steht mitten im Raum. Es gibt nur einen Stuhl. Der Raum ist klein. Mit den vier alten Möbeln darin wirkt er vollgestopft. Ein kleiner, roter, tragbarer Fernseher steht auf einem Tischchen. Das Antennenkabel steigt an der Wand hoch zu einem Loch in der Decke. Auf einem anderen Tisch stehen schmutzige Teller und ein Gaskocher mit zwei Brennern. Ein orangefarbener Schlauch verbindet ihn mit der Gasflasche. Ein alter Kühlschrank. Darauf eine Tüte mit Fabrikbrot. Ein blauer Plastikeimer steht auf dem Boden. Dann eine Tür und daneben hängt in einem wurmstichigen Holzrahmen ein letztes Abendmahl in Schwarz-Weiß, dann ein

schwarzer Schrank mit halb offenen Türen voller alter, hineingeworfener Kleider. An der Wand steht ein Kunstledersofa auf verrosteten Metallfüßen mit ein paar alten Decken. Es gibt ein einziges kleines Fenster mit geschlossenem Fensterladen.
»Hier ist unser Zuhause«, sagt der Alte. »Bescheiden, aber ruhig.«
Es ist schwer, sich an den Gestank zu gewöhnen. Der Fensterladen wurde seit Jahren nicht geöffnet. Zum Glück hat der Mann die Tür aufgelassen. Er bückt sich und schiebt die Holzscheite im Kamin zusammen, die aber nicht mehr brennen wollen.
Der Boden wurde seit Jahren nicht mehr gefegt. Es ist ein weicher, federnder Fußboden mit einem verblassten Blumenmuster. Viele der quadratischen Platten sind gebrochen, in Dreiecke zerteilt. Einige bewegen sich, wenn man darauf tritt. Vergilbtes Zeitungspapier, ein Topf und überall verstreut Strohhalme. Ein Haufen schmutziges Stroh liegt in einer Ecke.
»Wenn wir gewusst hätten, dass wir Besuch bekommen, hätten wir etwas aufgeräumt«, sagt er. »Hier ist das Gästezimmer.«
Er öffnet ihnen die einzige Tür im Raum, wenn man von der Haustür einmal absieht. Nirgends sieht man ein WC oder ein Waschbecken, ein blauer Eimer steht neben dem Tischbein.
Das Zimmer ist winzig. Auch hier ist das Fensterchen geschlossen. Die Glühbirne an der Decke ist die gleiche wie die über dem Tisch im Wohnraum.

Der Drehschalter ist aus Keramik. In das Zimmer passt gerade das Ehebett. Kein Nachttisch. Wände aus Stein. Unverputzt. Im Vergleich zum Wohnraum sieht es hier nicht ganz so schlimm aus. Eine Zelle. Die Decken sind wie die auf dem Sofa, alt und eingestaubt. Die ursprünglich weißen Laken sind grau, doch das Bett ist gemacht. Es ist seit Jahren gemacht.

»Bitteschön«, sagt der Alte. »Wenn Sie sich ein wenig hinlegen wollen, während ich mich um das Feuer kümmere, wir werden Sie nicht stören.«

Er würde sich gerne hinlegen, würde auch gerne unter das Bett schauen.

»Wir trocknen uns erst ein bisschen vor dem Feuer«, sagt sie.

»Wie Sie wollen.«

Er geht durch die andere Tür nach draußen, das Schaf hinter ihm her, kurz darauf kommt er zurück. Er bringt ein paar Plastikkisten, wie man sie bei der Feldarbeit benutzt, und stellt sie mit dem Boden nach oben vor den Kamin, damit sie sich setzen können.

»Bescheiden, aber ruhig«, wiederholt er. Er greift nach dem Stuhl am Tisch und stellt ihn in die Nähe des Feuers. »Für die Dame.«

Sie setzt sich auf den Holzstuhl. Er wackelt. Seine Lehne ist schwarz geworden. Die Männer setzen sich auf die Kisten. Neben dem Kamin hängt eine verkohlte Pfanne am Stiel.

Sie holt Zigaretten aus der Tasche und bietet sie an. Niemand möchte.

Der Alte geht wieder hinaus. Das Schaf immer hinterher. Es misstraut den Fremden. Der Mann kommt mit einem Armvoll Brennholz zurück und legt es vor ihre Füße.
Er geht wieder hinaus. Diesmal braucht er etwas länger. Beide sehen sich im Raum um.
Sie berührt ihn am Knie und zeigt auf das Sofa. Auf dem Tischchen neben dem Sofa steht eine betende Madonna aus Plastik.
»Und was ist damit?«, fragt er.
Und zeigt dabei auf ihren Mantel auf dem Tisch. Aus der Seitentasche schaut das Gesichtchen des schwarzen Affen.

Der Alte kommt mit ein paar Tellern herein, das Schaf hinterher. Er stellt sie auf den Tisch neben die Tüte aus dem Supermarkt und hängt die verkohlte Pfanne ab. Auf dem Kühlschrank steht eine Flasche Sonnenblumenöl. Er gibt einen Schuss Öl in die Pfanne und schüttet dann den Inhalt der Plastiktüte hinein. Die Schnecken purzeln wie Steinchen aus der Tüte. Manche bleiben kleben, und manche rollen heraus und fallen auf den Boden. Es sind winzige grüne, graue, weiße, weiche Schneckchen. Sie sabbern, kleben aneinander, klumpen zusammen, traubenförmig. Das Licht der Glühbirne reicht aus, um die Spirale ihrer Häuschen schimmern zu lassen. Einige strecken ihre Hörnchen heraus und gleiten an den Rand der Pfanne. Sie hinterlassen eine silbrig

glänzende Spur, einen Faden, der das Frischeste im ganzen Haus ist.
Das Schaf steht ruhig unter dem Tisch. Der Alte kommt mit dem Holz. Er schichtet noch ein paar Zweige darauf. Doch da sie nass sind, dauert es etwas, bis sie Feuer fangen. Als sie brennen, setzt er die Pfanne auf. Kurz darauf siedet das Öl, die Schnecken knacken.
Manchmal rührt der Alte in der Pfanne.
»Von der Fenchelwiese frisch auf den Tisch«, sagt er. »So schmecken sie, wie es sich gehört. Eine Stunde später hätte ich Ihnen einen richtig großen Teller hinstellen können. Aber Sie wollen sich sicher ausruhen. Hier leben wir von der Natur. Naturprodukte.«
Er denkt an die Bilder, die er sich erträumt hat.
Das Schaf steht ruhig unter dem Tisch.
»Es ist wie ein Hund«, sagt sie.
»Besser als ein Hund«, sagt der Alte. »Hunde werden nicht gegessen.«
Der Geruch verbrannten Öls hängt im Zimmer.
»Wer wohnt dort auf dem Hügel?« fragt er. »Neben dem Leuchtturm.«
»Im Leuchtturm wohnt niemand mehr. In dem Haus daneben der Maler Fornells. Man sieht ihn schon lange nicht mehr. Er ist sehr alt. Zehn Jahre älter als ich. Früher hat er mich manchmal besucht, als ich noch mit der Schafherde unterwegs war. Vor ewig langer Zeit.«
Jetzt versteht er, warum das Dach aus Glas ist. Vielleicht ist dort oben sein Atelier. Jetzt versteht

er auch, warum überall Bilder an der Wand hängen und die seltsamen Skulpturen im Garten stehen. Und die Lage des Hauses.

»Es ist ein guter Ort für einen Maler.«

»Meerblick. Aber es war nicht einfach. Man wollte ihm keine Baugenehmigung geben. Und ich weiß nicht, warum er sie unbedingt wollte. Soweit ich weiß, hat er nie das Meer gemalt.«

»Aber er scheint ein guter Maler zu sein.«

»Seine Bilder werden teuer verkauft. Aber ich verstehe nichts von Malerei. Ich komme nie aus diesem Tal heraus. Ich besitze kein Auto und brauche auch keines. Wenn ich in den Supermarkt will, nimmt mich jemand von der Baufirma mit. Jeder macht seine Arbeit. Aber als sie mit ihren LKWs kamen, war es hier mit der Ruhe vorbei. Und mit den Schafen.«

Er bückt sich und schiebt die Holzscheite zusammen. Er rüttelt die Pfanne und rührt mit einer Gabel die Schnecken um.

»Ich hatte Herden von bis zu zweihundert Schafen. Das Schaf ist ein ehrwürdiges, folgsames Tier. Es hat eine eigene Persönlichkeit, auch wenn die Leute das nicht glauben mögen. Das einzige Tier, was sich in einer Gruppe bewegen kann. Zweihundert Schafe und ein guter Hund. Das ist so wie ein Schaf allein dirigieren. Doch mit dem Bau der Autobahn war dann alles vorbei. Mit dem Bau der Autobahn und der Kiesanlage. Und jetzt ist es, wie es ist. Möchten Sie Wasser? Wollen Sie fernsehen?«

Der Mann schüttelt den Kopf.
»Gut, dann stelle ich jetzt etwas Wein auf den Tisch. Davon gibt es in diesem Haus genug.«
Aus einem Karton neben dem Kühlschrank holt er zwei rote Tetrapaks.
»Wir sind bescheiden.«
Er nimmt einen Teller vom Tisch und stellt ihn auf das Sofa. Das Schaf nähert sich. Er schüttet Wein hinein.
Das Schaf leckt den Teller aus.
Dann hebt er den Tetrapak hoch und trinkt daraus.
»Tut mir leid. Wir haben keine Gläser. Was soll's. Besser, es fehlen Gläser als der Wein.«
Beide trinken aus dem Karton. Sie werden es brauchen, um die Schnecken hinunterzukriegen.
Sie essen sie direkt aus der Pfanne. Mit den Schneckenhäuschen.

Die Frau berührt seinen Arm. Sie sind in dem Zimmerchen mit dem Ehebett. Das Gästezimmer, hat der Alte gesagt. Sie schläft mit ihrem Kopf auf seiner Brust. Die Falten neben ihren Augen erinnern an die zerknitterten Enden eines eingewickelten Bonbons. Sie ist eher fünfzig als vierzig. Gefärbtes kastanienbraunes Haar. Dazwischen einzelne silbergraue und Reste von Blättern. Ihr Atem stinkt nach Wein, aber er kann noch den Duft der Pflanzen erahnen und den süßlichen Hauch des Parfüms, das er im Hotel gerochen hat,

als er ihr in die Bar gefolgt war. Und Zigarettengeruch.
»Ich will dich nicht mehr sehen«, murmelt sie.
Er dreht sich um und sagt:
»Lass mich in Ruhe.«
Dann ist sie still, und er schläft wieder ein.
Erst das Blöken des Schafs weckt ihn. Er weiß nicht, wie lange er geschlafen hat. Auf der anderen Seite der Tür rührt sich nichts. Das Haus liegt ruhig da.
Er würde gerne weiterschlafen, aber er kann nicht mehr. Es juckt ihn, Flöhe.
Das Zimmer ist dunkel, die Tür schließt nicht gut, Lichtlinien zeichnen den Rahmen nach.
»Vielleicht legen Sie sich erst einmal hin«, hat der Alte gesagt.
Jeder hat seinen eigenen Tetrapak mit Wein bekommen. Als nach den Schnecken der erste Tetrapak ausgetrunken war, ist der Mann mit dem Schaf zum Weinkarton, hat noch drei Tetrapaks herausgenommen und jedem einen gegeben.
»An Wein wird es nicht fehlen. Damit die Tage nicht lang werden.«
Sie haben getrunken, bis sich der Kopf gedreht hat und sie nicht mehr gegen die Müdigkeit ankämpfen konnten. Überwältigt von der Müdigkeit sind sie aufgestanden, sie hat sich an seinen Arm gehängt, und beide sind ins Zimmer gewankt.
»Gehen Sie nur ... Wir werden Sie nicht stören.«
Vor Betreten des Zimmers hat der Mann in die verlorenen Augen des Schafes geschaut.

Er hat sich aufs Bett fallen lassen. Ihm ist nicht kalt. Sie hat versucht, ihm die Schuhe auszuziehen, aber sie konnte sich auch nicht aufrecht halten und fiel auf ihn drauf.
Jetzt liegen sie unter den Decken. Seine Kleider sind noch feucht. Von einem kalten Schweiß, einem kranken Schweiß. Der Wein war sauer, vielleicht war das Haltbarkeitsdatum bereits abgelaufen. Es geht ihm schlecht. Der Bauch, der Kopf, als hätte man mit einem Hammer auf seinen Kopf geschlagen.
Vielleicht ist jetzt der geeignete Moment, um aufzustehen und fortzugehen. Zu fliehen. Die Leuchtzeiger seiner Uhr zeigen vier Uhr nachmittags. Die Muskeln tun ihm weh, die Knochen auch. Aber wie kann er hierbleiben, in diesem Bett, mit dieser Frau am Hals?
Er hört wieder das Schaf.
Sein Besitzer muss weggegangen sein. Oder er schläft so fest wie sie.
»Hey«, sagt er und schiebt ihren Kopf weg.
Er versucht, sich aufzurichten, kann sich aber nicht halten. Sein Kopf fällt wie ein Stein auf das Kissen zurück.

Um sieben Uhr abends versucht er es noch einmal. Sie ist ganz warm. Sie erstickt ihn. Er muss unter diesen Decken vorkommen, aber sie sind so schwer, dass er es nicht schafft.
Um halb neun ein weiterer Versuch.

Auf der anderen Seite der Tür ist Licht. Künstliches Licht dieses Mal. Man hört das Gemurmel einer Fernsehsendung.

»Hey«, protestiert sie, als er versucht, sie zu bewegen.

Er steht auf. Seine Schuhe sind noch nass. Das Zimmer gleicht jetzt einem Kühlschrank. Er hat eine Gänsehaut. Die nassen Kleider lassen ihn zu Eis erstarren. Er muss sie ausziehen. Eigentlich müsste er auch ihr die Kleider ausziehen, sie an der Stuhllehne aufhängen und vor dem Kaminfeuer ausbreiten. Damit sie besser schlafen kann. Nein. Keine mütterlichen Gefühle mehr. Bald ist es einen Tag her, dass er sein Heim verlassen hat, und er hat kaum an seine Frau gedacht. Eine verlassene Frau, die sich um ihren Mann Sorgen macht. Jemand hat das Handy auf dem Gleis gefunden, ein Fahrgast hat es klingeln hören, hat sich nach ihm gebückt und das Gespräch angenommen.

»Ja.«

Und sie hat ihren Namen gesagt, seinen Namen, doch der andere hat gesagt, dass er das nicht sei, sondern gerade das Handy vom Gleis aufgehoben habe.

»Vom Gleis. Oh, mein Gott!«

»Nein, nein, es ist nichts passiert. Es ist ihm sicher heruntergefallen, als er ein- oder ausgestiegen ist.«

»Auf welchem Bahnhof sind Sie?«

Und dann ist sie bestimmt aus dem Haus direkt zum Bahnhof gegangen, nicht durch die Bar, wo die Gäste auf sie warteten, die Wohnung ist nah genug am Bahnhof, und dort hat sie den Mann mit dem Handy ihres Mannes in der Hand getroffen, sich suchend umgeschaut, den Blick über die anderen Fahrgäste schweifen lassen ... Währenddessen warteten die Gäste in der Bar auf sie, dieselben, die er verlassen hat.

Hätte seine Frau sich denken können, dass er eines Tages davonlaufen würde? Vielleicht am Anfang, als ihn noch das Begehren nach anderen Frauen quälte. Aber das war lange vorbei. Die Instinkte schlapp geworden. Nein. Vielleicht hätte sie es sich wegen seiner Verbitterung denken können. Wegen der alltäglichen Bitterkeit, so alltäglich, dass man sie nicht mehr wahrnehmen konnte, denn jeder Tag war gleich. Ist ihr Mann jemals anders gewesen? Hat sie ihn jemals lachen sehen? So war er eben. Sie konnte nicht ahnen, dass er davonlaufen würde. Es war nicht ihre Schuld. Er hat sich nicht verändert. Er ist so. Er war immer so. Er konnte sich nicht ändern.

Verlassene Frauen hat er in der Bar nicht kennengelernt, aber verlassene Männer. Männer, die von einem Tag auf den anderen ohne Begleitung waren und sich mit unerträglicher Leere konfrontiert sahen. Amputierte, verlorene, auf immer verlorene Männer. Vor ein paar Jahren zum Beispiel ein Mann, der bei Geniroplay, einer Schlafanzugmarke, arbeitete. Er kam immer um sieben Uhr morgens in die Bar, zum Frühstücken. Dann setzte er sich ins Auto und fuhr in die Fabrik.

Eines Tages kam er abends.

»Sie hat mich verlassen«, sagte er, »und die Mädchen mitgenommen. Ich bin nach Hause gekommen und es war keiner mehr da. Sie hat oft zu mir gesagt, dass sie mich irgendwann verlassen würde.«

Was sollte er ihm sagen? Er hat keine Kinder. Er konnte sich auch nicht vorstellen, dass seine Frau ihn verlassen würde. Aus Spaß hatte er mal darüber nachgedacht, wie alle Ehemänner, aber sein Unbehagen war kein Spiel. Von seiner Frau verlassen werden. Unmöglich. Sie hatte ihr eigenes Leben. Er mischte sich da nicht ein. Sie führten eine gute Ehe. Es war das Verdienst von keinem. Sie passten zusammen, hatten keine Probleme miteinander. Er wusste nicht, was er diesem verlassenen Mann sagen sollte.

Er kam jeden Tag nach der Arbeit in die Bar. Sein Abendessen bestand aus Bier. Er setzte sich ans Ende des Tresens, starrte auf den Fernseher, schaute Nachrichten und trank, bis das Lokal zumachte. Er war nicht einmal dreißig.

»Gib mir noch ein Bier«, sagte er zu ihm. »Mir darf keine Flasche ins Haus kommen. Wenn ich mich zu Hause verbarrikadiere, bin ich verloren. Im Supermarkt würde ich kein Bier, sondern Whisky oder Cognac kaufen. Solange ich hierher kommen kann ...«

Er sprach nicht mit den anderen Gästen am Tresen. Obwohl auch andere so allein herumsaßen. Aber das, was er durchmachte, war zu intensiv, um

es mit einem anderen Einsamen zu teilen. Nur der Mann hinter dem Tresen konnte ihm helfen.
»Das Bier, Mann. Nein, die Frauen. Die Frauen bringen nur Probleme. Ich kapier das nicht. Wie auch? Ich will niemanden sehen, kann niemanden sehen. Ich will nichts von meiner Familie wissen und auch nichts von meinen Freunden. Ich schäme mich. Ich kapier das nicht. Die Einzigen, mit denen ich zurechtkomme, sind die Kollegen. Ich verstehe das einfach nicht. Das bringt mich um. Und ich kann nur entspannen, indem ich saufe. Wenn ich nicht einmal gegen das Bier ankomme, wie soll ich dann jemals wieder ein normaler Mensch werden? Wie soll ich es denn dann mit ihnen aufnehmen? Ich kapier das einfach nicht. Es stimmt nicht, dass wir alleine leben können. Du sagst zu dir, du bist du, du bist ein Mensch mit zwei Beinen, zwei Armen, und du funktionierst von selbst ... Aber die Grenzen sind nicht markiert. Ich gehe automatisch zur Arbeit, weil ich Probleme kriege, wenn ich nicht hingehe. Ich gehe jeden Tag zur Arbeit. Mach dir keine Gedanken wegen des Biers. Das Problem sind die Frauen. Ich verstehe es einfach nicht. Ich kann sie mir nicht aus dem Kopf schlagen. Ich brauche eine Frau. Mir reichen das Fernsehen und die Arbeit nicht. Sie wartet im Auto, wenn sie die Kinder abholt. Du kannst dir nicht vorstellen, wie das ist, sie alle drei zusammen im Auto zu sehen.«
Das war jeden Sonntag so, wenn seine Ex-Frau die Mädchen abholte, nachdem sie das Wochenende

mit ihm verbracht hatten. Samstags und sonntags kam er nicht in die Bar.
An einem Montagabend setzte er sich neben die Kasse. Wenn ein Gast sich neben die Kasse setzt, braucht er einen.
»Ich muss dir was erzählen«, sagte er. »Ich muss das irgendjemandem erzählen. Aber gib mir erst mal ein Bier. Ich brauche vier Bier. Vier Bier hintereinander, bitte. Ich möchte nicht jedes einzeln bestellen. Wenn du siehst, dass das Glas leer wird, nimm die leere Flasche weg und gib mir eine neue. Ich möchte nicht jede einzelne bestellen.«
Es ging ganz schnell. Er trank die vier Bier aus und fing an zu weinen.
Die anderen Gäste wussten nicht, was sie tun sollten. Er musste hinter dem Tresen vorkommen. Er legte ihm von hinten die Hand auf die Schulter und blieb eine Weile so stehen, spürte die Tränen auf seiner Hand.
»Es ist so furchtbar«, sagte ihm der Gast.
Er wusste nicht, ob er ihn trösten sollte. Was konnte er ihm schon sagen? Irgendwann würde es vorbeigehen, er wäre eine Frau losgeworden, die ihn nicht liebte, würde weiter seine Töchter sehen, würde eine Neue finden und würde alles vergessen. Es ist immer so. Aber er sagte nichts dergleichen. Die Dinge waren komplizierter.
»Letzten Samstag bin ich mit den Kindern ins Kino gegangen«, sagte er. »Wie immer. Als wir wieder zu Hause waren, wollten sie nicht ins Bett. Die Kleine hatte Angst. Wir waren in einem Zeichen-

trickfilm, in dem ein Monster vorkam, und jetzt hatte die Kleine Angst. Ich habe sie dann bei mir auf dem Sofa schlafen lassen und später habe ich sie in ihr Zimmer getragen und eine Schlaftablette genommen. Am nächsten Tag wollten wir einen Ausflug in die Berge machen. Als ich ins Bett wollte, fand ich die Kleine weinend auf dem Boden an meiner Zimmertür sitzend. Sie hatte immer noch Angst. Ich sagte ihr: Komm, du kannst heute bei mir schlafen, und wir haben uns zusammen ins Ehebett gelegt.«

Er setzte sich neben den Gast. Der Mann sprach immer schneller. Seine Stimme wurde leiser, er trocknete die Tränen mit einer Papierserviette vom Tresen.

»Die Wärme des Mädchens erinnerte mich an meine Frau, und ich fragte mich, was sie wohl macht, wenn die Kinder bei mir sind. Ich bin eingeschlafen, während ich an sie dachte, und träumte von ihr, meine Frau hatte einen roten Bademantel an, ich wollte sie umarmen, aber sie ließ es nicht zu, sie schüttelte den Kopf und beschwerte sich, ich fasste sie an der Taille, aber sie wollte keine Küsse, sie bewegte sich, sie drehte den Kopf weg, und ich bekam Angst, ich fasste sie an den Handgelenken, lüpfte ihren Morgenmantel, und sie fing an zu weinen. Dann spürte ich, dass die Feuchtigkeit zu wirklich war. Und wachte plötzlich auf meiner Tochter auf, die ›Papa‹ schrie!«

Der Gast stand auf. Er ging, ohne zu bezahlen. Er hat ihn nie wieder gesehen.

Das Feuer brennt, und der Alte sitzt bei laufendem Fernseher am Tisch unter der blassen Glühbirne. Er schaut Nachrichten. Das Schaf liegt zu seinen Füßen. Die Tür nach draußen ist jetzt zu. Hier ist es genauso kalt wie im Schlafzimmer. Man muss in unmittelbarer Nähe zum Feuer sein, um die Wärme spüren zu können. Durch die Haustür dringt kein Lichtschein, draußen ist es bereits dunkel.

»Ein Toter«, sagt der Alte und dreht sich langsam zu ihm um.

Er friert. Er geht ans Feuer, zieht seinen Pullover aus und beginnt, sein Hemd aufzuknöpfen.

»Was ist passiert?«, fragt der Alte. »Gab es Streit?«

Es ist schwierig, das Hemd aufzuknöpfen. Seine Finger sind ganz steif von der feuchten Kälte. Die Wunde in der rechten Hand glüht. Die Muskeln gehorchen ihm nicht.

Er hat nur noch das Unterhemd an. Das Hemd hängt er zum Trocknen an den Tisch. Der Alte sitzt auf dem einzigen Stuhl. Die Hitze brennt auf seinem Unterhemd wie ein Bügeleisen. Sie dringt durch den Stoff direkt auf seine Haut. Die Hose fängt an zu dampfen.

»Heute Nachmittag war die Polizei da«, fährt der Alte fort. »Mit dem Geländewagen. Ich habe sie kommen hören und bin hinaus. Besser so, als wenn sie ins Haus gekommen wären. Sie haben nach Ihnen gefragt. Doch hier hat keiner etwas gesehen. Sie denken, Sie sind den anderen Hang hinuntergelaufen, in Richtung Stadt.«

»Die von der Kiesanlage«, sagt er. »Die von der Anlage haben uns gesehen.«
»Und warum hätten sie was sagen sollen?«
Der Alte zieht den Stuhl ans Kaminfeuer. Er legt ihm die Hand auf den nackten Arm, eine trockene Hand mit groben, schmutzigen Nägeln, und sagt leise zu ihm, bevor er sich wieder hinsetzt:
»Mit mir können Sie reden. Ich weiß, wie so was läuft. Ich weiß genau, wer was davon hat.«
In den Nachrichten wieder die Politiker. In der Bar hatte er die Nase voll von dem endlosen Geschwätz im Fernsehen. Diese Berieselungsmusik, diese kehligen, falschen Stimmen aus den Lautsprechern, abgekoppelt von der Realität, isoliert, gekünstelt.
Er geht näher an den Fernseher heran und beginnt, verschiedene Knöpfe zu drücken, bis der Ton verschwunden ist. Er stellt sich mit dem Rücken zum Feuer und wärmt sich. Er spürt, wie die Kleider langsam trocken werden; zuerst hören sie auf zu dampfen, dann werden sie steif.
»Setzen Sie sich«, fordert der Alte ihn auf.
Er nimmt eine Kiste und stellt sie vor das Feuer. Er hat sich langsam an den Gestank des Tieres gewöhnt, riecht ihn aber noch. Der Alte stinkt genauso.
»Haben Sie das Schilf am Bach gesehen?«, fragt ihn der Alte und bietet ihm einen angebrochenen Tetrapak an.
Er hat immer noch Kopfschmerzen vom Alkohol am Morgen.

»Das war einmal ein Schmuggelpfad. Jetzt stehen am Meer die ganzen Häuser, aber früher reichte das Schilf bis ans Meer. Es war wie ein Vorhang. Niemand konnte sehen, wer durch den Bach watete. Und ich kann Ihnen versichern, da sind Leute durchgewatet; sogar Esel. Haben Sie den Schuppen weiter oben gesehen, den Weg, der mit der Kette versperrt ist? Da war früher ein Stall drin. Und hier, das waren alles Durchgänge zum Meer. Bis zum Ende der fünfziger Jahre ging das so. Wir konnten die Guardia Civil von Weitem sehen, und die Guardia Civil wusste von unserem Tun. Es gab alles. Auch Diebstähle. Es war schon immer so. Ich habe Leute durchgeschleust, zwischen den Schafen versteckt. Was glauben Sie, was wir hier gemacht haben? Das ist ein Tal, das sich zum Meer hin öffnet. Ein kleines Tal, aber doch ein Tal. Es wird nie anders laufen. Wir sind hier am Ende der Welt. Ein Unterschlupf. Es gibt die Baufirma, ein paar Bauern, diese hier und mich. Ich habe auch einen Freund in der Nähe ... Und sie? Wie kommt es, dass sie bei Ihnen ist?«

»Sie irren sich«, sagt er.

»Sie haben gar nichts dabei, nichts behalten?«

Er schüttelt den Kopf.

»Logisch«, sagt der Alte. »Sie haben einfach einen netten Tag bei mir verbracht. Die Polizei ist gekommen und in den Nachrichten spricht man von einem Toten. Unter Umständen komme auch ich noch dran. Ich bin zu alt für Abenteuer und Detektivspiele.«

In den Nachrichten kommt die Zusammenfassung mit den Schlagzeilen. Er steht schnell auf und macht den Fernseher laut, gerade rechtzeitig, um zu hören:
»Der Verletzte wurde dem Haftrichter vorgeführt. Weitere Verhaftungen in den nächsten Stunden werden nicht ausgeschlossen.«
Der Alte zuckt grinsend mit den Achseln.
»Ich hatte Toter verstanden«, er trinkt einen Schluck Wein, räuspert sich und fährt fort: »Ich könnte Sie problemlos in die Stadt schmuggeln. Doch so, wie Sie momentan aussehen, würden Sie nicht durchkommen. Fünftausend Euro. Dann besorge ich Ihnen ein Auto und saubere Kleider.«
Fünftausend Euro. Er muss morgen nur zur Bank gehen und sie abheben.
»Und wenn wir sie nicht haben?«, fragt er.
»Sie finden sicher eine Möglichkeit.«
»Und das Auto?«
»Das Auto ist mein Problem. Ihr Problem ist das Geld.«

»**F**ühlen Sie sich wie zu Hause«, sagt der Alte. »Warten Sie nicht auf mich, ich komme erst spät zurück.«
Die Tür bleibt angelehnt. Er nimmt keine Lampe mit. Als Letztes verschwindet das Schaf in der Dunkelheit.
Der Mann macht den Fernseher aus und rückt die beiden Holzscheite zusammen. Er bläst. Atmet ei-

ne Wolke giftigen Rauchs ein. Die Scheite lodern auf. Er hält seine Hände in die Nähe des Feuers. Es ist eine solide, aber ungleichmäßige Wärme, mal an der Handfläche, mal an den Fingerspitzen. Als ob die Flammen die verletzte Handfläche wegdrücken und die Kruste trocknen würden. Als wäre die Hand aus Holz und das Rot der Wunde flackerte mit dem Rot der Flammen.
Er hängt den Pullover zum Trocknen an die Stuhllehne vor den Kamin und streckt seinen Hintern ans Feuer. Der Alte ist jetzt weit genug weg. Mit der heißen Hose, die fast Feuer gefangen hat, tritt der Mann nach draußen.
Eine mineralische Nacht, ohne Mond. Die Felder sehen aus wie feines Krepp-Papier, die Bäume wie schwarze Männerköpfe. Die Umrisse fließen ineinander. Eine dunkle Masse, ein schwarzer Umhang. Die Landschaft liegt darunter.
Es ist ein Tal, aber ein sanftes, diskretes Tal, zwischen niedrigen Bergen und abgerundeten Kuppen, ein sich zum Meer hin ausbreitendes Tuch.
Unten die Stadt. Aus der Masse vieler kleiner Lichter, glitzernd wie tausendfach zersplittertes Glas, steigt Dunst empor bis zur halben Höhe des Himmels. Über diesem Schleier ist die Nacht solide und durchsichtig. Die Sterne zeigen sich in Haufen wie hinter der klaren, dicken Schaufensterscheibe eines Juweliergeschäftes.
Der Strahl des Leuchtturms folgt dem Kamm des kleinen Hügels gegenüber. Drei stille Kreise, hintereinander, und dann Dunkelheit. Danach zwei

Lichtkreise. Eine Verfolgungsjagd in einer Endlosschleife.
Hinter ihm das Haus, weiter unten die Autobahnbrücke. Wenn man unter der Brücke durch ist, kommt das Wäldchen, durch das sie heute Morgen heruntergekommen sind. Auf dem Hügel sieht man die runde, weiße Silhouette des Leuchtturms mit seiner hell leuchtenden Spitze. Davor die schlanke Palme.
Der Feigenbaum neben ihm ist monströs mit seinem dicken Hals und dem elefantenhäutigen Doppelkinn unter verschlungenem Gedärm.
Als er sich nach dem Holz bückt, hört er hinter sich eine Stimme:
»Was für eine Kälte.«
Sie steht neben dem Kamin, kratzt nervös ihre Beine. Auf ihrem Gesicht die Abdrücke des Lakens. Zerzauste Haare, völlig zerknitterte Kleider mit ein paar Piniennadeln.
Er kehrt mit einem Armvoll Holz ins Haus zurück. Mit dem Fuß wirft er die Tür hinter sich zu, legt das Holz ab und schiebt noch einen Scheit ins Feuer. Das Holz ist feucht und will nicht richtig angehen, aber schließlich brennt es doch.
Die Flammen werden größer. Sie zieht sich aus und steht in Unterwäsche da.
Der Pullover des Mannes, mittlerweile wieder trocken, hängt noch an der Stuhllehne. Er nimmt ihn und legt ihn über ihre Schultern wie eine Stola, um ihren Rücken vor der Kälte zu schützen.
»Leg dir etwas um«, sagt er.

Er findet es unangenehm, ihr den Pullover auf die Schultern zu legen, die Wollärmel um den Hals, die Ellenbogen des Pullovers auf die Brüste und die Ärmelbündchen auf die Fettwülste am Bauch. Sie hat eine milchige Haut. Noch schlimmer ist es, ihr mit der verletzten Handfläche den Pullover auf dem Rücken glatt zu ziehen, über die Schulterblätter zu streichen, damit sie die Wärme des Pullovers abbekommt.
Er wirft noch zwei weitere Holzscheite in die Flammen.
»Wir machen jetzt ein richtiges Feuer. Selbst wenn dabei die Bude abbrennt.«
»Du brauchst nicht zur Bank zu gehen«, sagt sie.
»Wie soll ich da auch hinkommen?«
»Er würde dich sicher morgen hinbringen. Aber es ist nicht nötig. Es waren zwei Portraits. Zwei Jungen, oder vielleicht derselbe. Einer blau, der andere rot. Ich habe den roten mitgenommen. Ich weiß nicht warum. Ich verstehe nichts von Malerei. Ich habe das Bild aus dem Rahmen genommen, eingerollt und unter meinem Mantel versteckt.«
Das Feuer füllt jetzt den ganzen Kamin aus. Sie müssen nach hinten rücken, um sich nicht zu verbrennen.
»Du warst nicht in der Lage, etwas mitzunehmen«, sagt sie. »Ich bin in den Lieferwagen gestiegen, um nachzusehen, was drin ist, und habe die Bilder gesehen.«
Wie kommt sie dazu? Mit welchem Recht hat sie sich in seine Geschichte eingeschlichen?

»Ich hatte Angst, es kaputt zu machen. Wusste aber auch nicht, was ich damit tun soll. Ich hatte keine Ahnung, was noch passieren würde. Als wir an den Feigenkakteen entlanggelaufen sind, habe ich es hineingeworfen. Mitten in die Kakteen. Ich glaube nicht, dass man es inzwischen gefunden hat. Wenn sie es entdeckt hätten, wüssten sie auch, dass wir hier sind.«
»Sie waren hier, heute Nachmittag.«
»Mit einem Geländewagen. Ich habe euch gehört. Sie sind nicht zu Fuß gekommen, sondern mit dem Geländewagen. Sie haben gesehen, dass das Bild fehlt, aber sie haben keine Vorstellung, wer wir sind. Der Ort ist groß. Selbst wenn sie dich im Hotel gesucht hätten.«
»Sie können nicht wissen, dass ich im Hotel war.«
»Sie wissen, wer dort ein- und ausgeht. Alle ankommenden Gäste im Hotel werden doch registriert.«
Die Frau nimmt den Wein, den der Alte offen auf dem Tisch hat stehen lassen, und trinkt einen Schluck.
»Und dann ist ja noch der im Hotel. Das Auto läuft auf seinen Namen. Ich weiß nicht, was er inzwischen gemacht hat. Jedenfalls wird es langsam Zeit, dass du mir erklärst, was hier eigentlich vor sich geht.«
Aber er will nicht, dass sie Teil seiner Geschichte wird. Ihm ist, als ob man ihn mit einem Hammer traktiert, so, als wolle sie ein Loch in ihn schlagen, um dann in ihn einzudringen.

»Dieser Wein ist Scheiße«, sagt er. »Und ich habe Hunger.«
Er geht zum Kühlschrank und öffnet ihn. Die gelblichen Wände sind voller schwarzer Schimmelflecken. Der Kühlschrank ist ausgeschaltet. In einem Fach steht ein weiterer Karton mit Wein neben einer leeren Eierschachtel.
»Hier war ein Schaf«, sagt sie.
»Ich gehe.«
»Allein?«
»Habe ich dich eingeladen?«
»Mach, was du willst. Aber glaub ja nicht, dass du mit dem Bild abhauen kannst. Die Umstände sind nicht so, dass wir gehen können. Außerdem brauchen wir ein Auto.«
Der Raum ist jetzt so heiß wie ein Ofen. Sie steht auf, um den Mantel zu nehmen.
»Er ist schwer«, sagt sie.
Sie nimmt den Plüschaffen heraus und wühlt in der Manteltasche, bis sie die Zigaretten und das Feuerzeug findet. Sie nimmt eine Zigarette. Ein Scheit für den Kamin des Mundes. Sie lächelt:
»Weißt du, dass er in meinen Taschen herumgewühlt hat? Ich kann mir nicht vorstellen, dass du es warst.«
Dann setzt sie den Affen auf ihren unbekleideten Schoß und streichelt ihn wie ein Kind.
»Gib her«, sagt er.
Der Affe ist nass und eisig kalt.
Als würde sie es voraussehen, streckt sie den Arm aus, um es zu verhindern. Doch es ist zu spät.

Der Mann wirft den Affen in den Kamin mitten ins Feuer.

Am nächsten Morgen, als er das Zimmer verlässt, schläft der Alte noch auf dem Sofa. Das Schaf schläft auf seinen Beinen, es dient ihm als Zudecke.
Die Wände des Kamins sind lauwarm. Unter der Asche ist noch Glut.
Das Schaf hebt den Kopf, bewegt sich, streckt die Beine und springt vom Sofa. Der Alte dreht sich.
»Sie brauchen nicht aufzustehen.«
Doch der Alte steht auf.
Es kann noch nicht lange her sein, dass er nach Hause gekommen ist. Sie haben ihn nicht gehört. Er hat in den Kleidern geschlafen. Die alte Jacke hängt am Stuhl. Er zieht die Schuhe an, reibt sich die Augen und gähnt.
Sie erscheint unter der Tür.
»Ich geh nach draußen, aufs Klo«, sagt sie.
»Nur zu ...«, brummt der Alte, ohne sich zu räuspern. »Wir sind hier bescheiden.«
Der Mann greift nach einer Kiste und setzt sich an den Tisch.
»Wir können Ihnen ein Angebot machen.«
Der Alte lächelt.
»Lassen Sie mich raten. Bilder?«
»Ein Bild.«
»Zum Glück hat es heute Nacht nicht geregnet«, sagt der Alte. »Ich habe Ihnen ja schon gesagt,

dass ich den Maler gut kenne. Er hat eine Menge Künstler als Freunde. Ich war noch nie bei ihm, aber ich kann mir sein Haus gut vorstellen. Es muss voller Bilder sein. Sicher haben Sie die Bilder gut ausgesucht.«

»Das Bild. Nur ein Gemälde.«

»Ja natürlich. Also gut, holen Sie es. Heute ist Samstag. Die Anlage läuft nur auf halber Flamme. Vielleicht treffen Sie auf ein paar Spaziergänger. Oder einen Wanderer aus Barcelona im Trainingsanzug. Vielleicht auch auf einen Motorradfahrer. Seien Sie auf der Hut. Ich warte hier auf Sie. Gehen Sie nicht zu sehr in die Nähe der Wohngebiete. Wenn Sie den gleichen Weg nehmen, auf dem Sie hergekommen sind, dürften Sie keine Probleme bekommen.«

Auf dem Weg zur Kiesanlage entdecken sie ihre eigenen Fußspuren vom Tag zuvor. Pfützen mit schwarzem Wasser, Abdrücke von Pferdehufen. Von einem Pferd, das schon vor dem Regen im Matsch eingesunken ist. Man kann auch die Radspuren eines Geländewagens erkennen. Die Polizei konnte nicht wissen, dass die Fußabdrücke von ihren Schuhen sind. Man sieht zudem die Abdrücke der fast glatten Sohlen des Alten, ohne Profil, und die vielen kleinen Vertiefungen der Hufe des Schafes. Auch die kleinen schwarzen Kügelchen des Tieres.

»Meinst du, er ist gestern Abend ...?«

Sie haben entdeckt, dass die Fußstapfen des Schafes und des Schäfers nicht immer in der gleichen Richtung wie ihre Fußspuren verlaufen. Und an der Stelle, an der sie gestern den Alten getroffen haben, gehen die Fußabdrücke in die gleiche Richtung weiter, in die sie jetzt marschieren, zur Autobahnbrücke.
»Er konnte sich denken, wo wir herkamen.«
»Aber er konnte nichts finden«, sagte er. »Denn er hat keine Lampe mitgenommen.«
»Wenn er allein gegangen ist.«
»Er sprach von einem Freund.«
»Egal«, sagt sie. »Ob mit oder ohne Lampe, ich bin sicher, nachts kann man das Bild unmöglich finden.«
Bevor sie den Aufstieg beginnen, bleiben sie einen Augenblick stehen und schauen sich um. Niemand folgt ihnen. Sie sind am Ende des Tals, ein kleiner schattiger Ort, ein Trichter, in dem sich das Wasser von den Abhängen sammelt, das der Bach schließlich durch die Ebene ins Meer trägt.
»Es war ungefähr hier«, sagt sie.
Die Spuren des Alten und des Schafes gehen nach unten, weg von ihnen. Es wird nicht leicht sein, die Stelle wiederzufinden. Es sieht überall gleich aus. Sträucher und ein Wald, sympathischer als gestern Nacht; ein junges, duftendes Wäldchen, frisch gepflanzt; es glänzt durch den Regen vom Vortag.
Alte Johannisbrotbäume mit grauen Stämmen, bedeckt von hellen Flecken, die wie Flechten aussehen. Die Stämme spalten sich oft schon an der

Basis, nehmen die Form eines V an und bilden dann zwei symmetrische, sich spiegelnde Bäume. Keine ganz glatten Stämme, aber auch nicht runzlig; leicht, fast unmerklich gekrümmt, mit dunklen, bis zur Mitte kahlen Ästen, und dann beginnen die kleinen, gleichförmigen Blättchen. Die alten Blätter sitzen als schwärzliche Büschel unter den zartjungen. Gedrungene Johannisbrotbäume mit ausladenden, verzweigten Ästen, aufgeklappt, als hätten sie Gelenke, drei oder vier Ellenbogen, Hunderte von langen, ineinander verhakten Fingern mit grünen, harten Nägeln. Äste mit kleinen, dunklen Knöpfen, die von Weitem wie Stacheln aussehen. Und am Fuß des Baumes liegen zwischen den Spinnenbeinen der über der Erde liegenden Wurzel die schwarzen Schoten. Oder sie hängen diskret von den Ästen wie verlängerte, undurchsichtige Schatten der grünen Blättchen.
Pinien. Gruppen mit einem Dach aus zarten Nadeln, Pinien mit sehr großen, gleichförmigen Kronen, runde Gewölbe, fette, grünhäutige Wolkenschwämme. Kurze Äste, kahl am Unterarm, biegsame, aber störrische Haken. Hellbraune Stämme, trockenrindige Säulen, Hälse mit Zebrazeichnung. Stämme, bedeckt mit rissiger Erde, deren Kruste man mit den Fingernägeln abkratzen kann; zarte, alte, graue, dicke Stämme, und alle krallen sich ohne sichtbare Wurzeln im Boden fest, denn hier ist die Erde locker, nachgiebig, besiegt, und der Stamm dringt mitten durch einen Schattenteppich aus toten Piniennadeln in sie ein. Gruppen, Ver-

sammlungen, Zusammenkünfte von Pinien ohne Zapfen, stattlich, reif und gut gewachsen. Regenschirme aus hellem Stoff mit dunklem Stock. Schilder aus grünem Kupfer zur Abwehr des Himmels. Piniengruppen. Zarte Flecken auf dem Berghang.

Hier und da wildschäumende Ölbäume, zerzaust, gehisste Silberblättchen an schwarzen Schnüren, schimmernde Aluminiumspäne, lebendig an die Äste genagelte Schmetterlinge, Schwärme von silbrigen Fischen, schwarze Bäche, die durch metallische Wälder die Hügel hinunterstürzen.

Fette Korkeichen mit Blättern aus Stein, eingeschnürt von dicken Zwangsjacken, deren Oberfläche einer porösen, grauen, kubistischen Felslandschaft gleicht. Organische, quietschende, mächtige Korkeichen. Kleine Blätter mit weißer Unterseite, zarte Eicheln.

Rosmarin, Thymian und wilde Pistazie, vom Regen nasses Unterholz. Und mittendurch ein sanfter Pfad, gerade breit genug für einen Wanderer. Er schlängelt sich an alten Buchen vorbei, an verfallenen Mäuerchen, deren herausgebrochene Steine auf den Weg gerollt sind.

Es ist nicht die gleiche Landschaft wie gestern; gestern haben sie, als sie den Hang hinabgerannt sind, keine umgestürzte Pinie gesehen, wie die, die jetzt fast quer über dem Pfad liegt, schwarzdunkel, vor sich hinfaulend, an der Basis gespalten, mit herausspießenden Zähnen an der abgebrochenen Fläche, mit abgehackten, vertrockneten

Ästen, spitz und rindenlos, mit den Gängen des Wurmes, der sie auffrisst, zerkleinert, bis nichts mehr von ihr übrig bleibt.

Der Regen hat die Pflanzen grüner gemacht, er hat sie poliert, geölt und mit Düften umhüllt, die mit der Zeit sanfter, fast transparent geworden sind, sodass sich nun die Gerüche übereinander legen und fein unterscheiden lassen. Die Dichte des Rosmarins spielt mit der Säure der Piniennadeln und der süßen Schicht der zertretenen Johannisbrote. Der Lavendelduft dehnt sich aus, zieht sich zusammen, verbindet sich mit einer Meeresbrise, die unter den Bäumen hindurch die Anhöhe heraufweht, unterwegs aufgesammelte Gerüche verströmend.

Gestern haben sie nicht die Felsformation gesehen, die neben einer Meerkirsche aus der Vegetation ragt; drei glattgraue Felsen, fleckig von vielen Flechten, eine geduckte Hexengruppe bei einer Beschwörungszeremonie, versteckt zwischen Büschen.

Gestern haben sie nicht wie jetzt, in der Ferne zwischen den Bäumen hindurch hinter den Erdbeerfeldern und dem Weinberg, die Stadt im Dunst sehen können, ausgestreckt vor der kompakten Meermauer mit den sie weiterbauenden gelben Kränen.

»Es war nicht hier«, sagt sie.

Doch der Hügel mit dem Leuchtturm ist klein, sie werden ohnehin ganz um ihn herumlaufen.

»Weiter oben kann es auch nicht sein ...«

Sie könnten direkt nach oben gehen, doch sie folgen den Wellenbewegungen, zeichnen die Höhenlinien mit ihren Fußstapfen nach. Mit jedem Schritt geben sie dem Hügel seine Form.
Sie stoßen auf die Ruinen eines Hauses. Mauern, die vor vielen Jahrzehnten verlassen wurden. Ein Gebäude so alt wie das Haus des Alten, ohne Dach. Die Steine liegen verstreut um die vier Wände herum oder sind den dicht bewachsenen Abhang hinuntergerollt. Mit diesen Steinen könnte man das Haus wieder aufbauen. Ein Johannisbrotbaum hat sich zwischen den Mauern niedergelassen. Man kann den Stamm durch die Tür hindurch sehen, seine Äste ragen über die Wände hinaus, und er steht da wie ein hineingepflanzter Besitzer, der mit seinen offenen, empörten Zweigen sein Haus verteidigt. Ein vergessenes Haus, an das sich keiner der Nachkommen mehr erinnert, deren Vorfahren das Haus erbaut und bewohnt haben. Menschen haben hier ihr ganzes Leben verbracht und Kinder großgezogen, haben diesen Berghang mit Mauern befestigt, die ihn noch heute schnüren wie Höhenlinien ... Ein hartes, mühevolles Leben. Das Leid der Kinder, die davonlaufen wollten, aber gefangen waren, angenagelt, angebunden wie dieser Johannisbrotbaum. Sie rannten hinaus, sahen das Meer hinter der Ebene als eine unendliche Fläche, sahen die Schiffe vorbeiziehen oder hörten sie nachts vom Bett aus, ohne sie sehen zu müssen, ohne dass ein Ton nach oben drang, und dabei starrten sie mit offe-

nen Augen die Decke an, ohne einschlafen zu können, und bissen in die Laken ...

Vom Leid ist nichts geblieben. Es bleibt nie etwas vom Leid. Entweder es bringt einen um oder es verflüchtigt sich. Wie die Rauchwolken des Bauern über der Ebene. Heute gibt es zwei davon, und die Sonne umreißt sie schärfer.

Die Erde raucht aus verschiedenen Löchern, aus der Hölle darunter.

»Warte auf mich«, sagt sie.

Angst und Ekel packen ihn, denn nun sind sie zu zweit auf der Flucht.

Er hält nicht an, um auf sie zu warten.

Die Wunde in der Hand klopft und glüht. Der Schmerz schärft seine Wahrnehmung. Manche Vögel verstummen, wenn er unter ihrem Baum ist, einzelne aber recken, wenn sie ihn kommen hören, die Brust heraus und singen noch lauter.

Manchmal geben die Bäume am Weg einen Zwischenraum frei, ein Fenster. Dann sieht man auf den Fuß des Hügels, über die Ebene hinweg und in den Himmel. Unter dem blauen, blanken, ebenmäßigen Dach schweben orientierungslos weiße Wolken.

Im Hintergrund, tiefblau, das menschenleere Meer mit einer Welt, die noch zerstört werden kann. Die Fische darin gleiten durch ihr eigenes Element, sie fliegen, ohne je auf einem Zweig Rast zu machen, sie schlafen schwimmend, ein verborgener Kosmos, eine unermessliche, offene, unerreichbare Wasserwelt. Die Verlobungszeit mit seiner Frau,

bevor sie sich für immer hinter den Läden der Bar, hinter der Tür ihrer Wohnung eingeschlossen haben. Die letzten Monate der Jugend. Aber sein Vater hat ihnen die Bar hinterlassen. Sie haben die Hypothek unterschrieben und den letzten Blick auf die Straße geworfen.
Sie läuft nun schneller. Holt auf. Hoffentlich erspart sie ihm, dass sie seine Hand nimmt.
»Warte auf mich«, ruft sie. »Wo rennst du denn hin, so schnell? Ich glaube, wir sind dort heruntergekommen.«

Hin und wieder steht am Wegesrand ein Feigenkaktus, ein Werk des Regens, ein stummes, grünes, einsames Individuum, ein Pilzsammler aus Knetmasse.
Sie sind am Hügel entlanggelaufen. Wenn sie ihn ganz umrunden, müssen sie die Lichtung mit den Feigenkakteen auf alle Fälle finden.
Sie haben einen starken Motor gehört und sind stehen geblieben. Er kommt näher.
Der Weg zum Leuchtturm umgibt den Hügel wie eine abgeschälte Orangenschale. Hinter ein paar Sträucher geduckt, sehen sie den Abschleppwagen vorbeifahren, der den Peugeot und den Lieferwagen mitnehmen wird.
»Sie hatten gestern doch den ganzen Tag, um die Autos abzuschleppen.«
»Sie brauchten einen Auftrag.«
»Und dein Freund?«, fragt er.

»Sie haben ihn nicht gefunden«, sagt sie. »Es gibt keinen Grund, warum sie ihn im Hotel suchen sollten.«
»Vielleicht ist er schon nicht mehr im Hotel.«
»Er ist dort. Er hat nichts anderes zu tun, als auf mich zu warten.«
Von dieser Seite des Hügels aus sehen sie in dem Berg vor sich ein großes Loch: den Steinbruch. Daher kommen die Steine für die Städte am Meer. Ein gewaltsamer Biss in den Fuß des Berges. Ein hinter dem Hügel verborgener Schmerz. Die Innereien des Vorgebirges, durchzogen von glänzenden Erzbändern.
Sie hören das Piepen des rückwärtsfahrenden Abschleppwagens. Jetzt werden sie das Auto an die Kette hängen und hinter sich herschleppen.
»Okay!«, ruft eine Stimme.
Auf der vom Meer abgewandten Seite ändert sich die Landschaft. Sie ist dunkelfeucht, die Hügel aufgequollen: Die gedehnte Krümmung bleibt, doch ihre Rücken haben sich unmäßig vergrößert. Der Abhang läuft in einer ungastlichen Mulde aus, dem Abflussloch für all die Schwärze. Sie sind am Nordhang, im Hinterland. Die Luft ist kalt, eingesperrt in einem Kühlschrank. Hier will niemand wohnen. Am Berg gegenüber steht ein einsames, halb zerfallenes, großes Haus, der Schornstein ein Pünktchen, davor ein grüner, halbrunder Fleck, eine baumlose Insel mit Grünfutter im schwarzen, gespenstischen, vom Regen dampfenden Wald.

Ein Schnitt mit dem Messer teilt den Berg in zwei Teile. Masten, in einer Reihe aufgestellt, besetzen das Stück zwischen den Bäumen. Sie sind mit elektrischen Kabeln verbunden. Aneinandergekettete Gefangene. Sie bringen den Strom auf die andere Seite des Bergmassivs.

Wo ist das Wäldchen mit den Feigenkakteen?

Sie steigen noch ein Stück hinauf, um von oben den Rest des Hügels überblicken zu können.

Dann laufen sie schräg hinunter, bis zur anderen Seite. Sie nähern sich dem Wohngebiet an dem Weg zum Leuchtturm.

Zwischen den Bäumen schimmert ab und zu eine weiße Wand durch.

»Schau«, sagt er.

Im Wald sieht sie eine blaue Schwimmbadrutsche unter einer alten Pinie stehen. Dann einen runden Plastiktisch mit drei halb kaputten Eisenstühlen. An den Stellen, wo die Farbe abgeplatzt ist, liegt das schwarze Eisen offen. Ein Balkongeländer schirmt den Tisch und die Stühle ab, als sei dies das Esszimmer eines Hauses ohne Wände, beschädigt durch Wind und Wetter.

In der Nähe steht auch ein zerbeulter, verrosteter Schubkarren mit einer Zementkruste, einem geplatzten Reifen und schwarz polierten Griffen. In dem Schubkarren stapelt sich allerlei Gerümpel: ein großer Fernseher mit einem kaputten Bildschirm, ein Eimer mit Zementflecken, ein Plastikstuhl aus dem Supermarkt, zerbrochene Blumentöpfe ...

Von einem Pinienast baumelt an einem Kabel ein schwarzer Reifen. Eine Schaukel. Kinder haben sich in dem Wald aus dem Gerümpel, das sie im Müll bei den Häusern gefunden haben, einen eigenen Spielplatz gebaut. Auf einer Leiter kann man bis zu einem Bettenrost klettern, der flach auf den unteren Ästen liegt. Trockene, dicke Pinienäste. An einem Schilfrohr weht eine Fahne aus rotem Stoff.

Man hört Hundegebell. Die Häuser sind ganz in der Nähe.

Auf einem Schild steht mit Kugelschreiber in einer kindlichen Handschrift: »Privat«. Sie hören den bergab fahrenden Abschleppwagen. Entweder hängt der Lieferwagen oder der Peugeot dran. Er wird bald zurückkommen.

In dem zusammengesuchten, zusammengetragenen Schrott auf diesem gespenstischen Spielplatz liegt ein Quäntchen Verrat. Es sind nutzlose Dinge, in eine Ecke des Waldes geschleppt, weit weg von der Umgebung, in die sie eigentlich gehörten; sie müllen die Bäume zu und vergiften mit ihrem düsteren Aussehen die Gegend. Der blaue Farbfleck von einem Stück Rutschbahn zwischen den Pinien. Das rostige Metall des Balkongeländers, das als Zaunersatz dient, zwischen den Sträuchern. Das künstliche Grün eines Eimers hinter den Blättern eines wilden Ölbaums ... Man hört keine Vögel. Der Fahnenfetzen hechelt. Im Hintergrund verhallen die Geräusche des Abschleppwagens.

Der Mann nähert sich dem Schrott. Die Kinder haben versucht, die von Piniennadeln bedeckte Erde einzuebnen. Mit einer Schaufel ohne Stiel, die jetzt auf dem Schubkarren liegt, haben sie ein Loch ausgehoben, wie eine Badewanne. Eine sandige, schimmelige Wollmatratze liegt darin, ihre Sprungfedern haben sich rostiggelb auf dem Stoff abgezeichnet. Alte, zerrissene Zeitungen und zusammengefaltete Seiten aus Pornozeitschriften. Leere, verwitterte Zigarettenschachteln und mit der Hand zusammengedrückte Bierdosen.
Ein Zweig knackt. Ein kleiner Zweig, fast unhörbar, nichts. Es muss noch jemand da sein.
Die Spitze eines kleinen Schuhs lugt hinter einem Pinienstamm hervor.
»Bist du allein?«, fragt der Mann.
Der Junge braucht eine Weile, bis er versteht, dass er gemeint ist. Dann kommt er hinter dem Stamm hervor. Er ist etwa zehn, zwölf Jahre alt. Seine Kleider sind sauber. Er hat eine Hand am Mund, die Augen sind weit aufgerissen und blicken ins Leere.
Die Frau geht auf den Jungen zu, bückt sich ein wenig zu ihm hinunter und sagt:
»Hast du keine Stimme?«
»Meine Mutter ...«, antwortet der Junge. »Meine Mutter wartet auf mich.«
»Bist du allein hier? Wo wohnst du?«
»In den Häusern da hinten«, antwortet der Junge und zeigt auf das Wohngebiet.
Dann sagt der Mann:

»Hast du das gemacht?«
Der Junge schüttelt den Kopf.
»Gut so. Wir sind nämlich die Waldhüter und müssten dich sonst anzeigen.«
So wird der Junge nichts erzählen. Aber Waldhüter? In diesen schmutzigen und zerknitterten Kleidern?
»Wir werden jemanden kommen lassen, um das abzuräumen. Besser, man sieht dich hier nicht.«
Der Junge rennt los. Er nimmt einen Pfad unter ein paar niedrigen Ästen hindurch und verschwindet hinter einem Vorhang von Sträuchern.
Der Mann bückt sich, hebt einen Stein auf und wirft ihn hinter dem Jungen her. Der Stein soll ihn nicht treffen, aber er fällt nah genug hinter ihm auf den Boden, dass er das Geräusch hört, glaubt, sie verfolgen ihn, und deshalb schneller weiterrennt.

Es war nicht einfach, die Lichtung mit den Feigenkakteen zu finden. Wenn sie einen einzelnen Feigenkaktus am Wegrand sahen, dachten sie, er sei die Vorhut, die die hinter ein paar Sträuchern versteckte Armee ankündigen würde. Dann aber stand er doch nur einsam und allein. Der Hügel ist übersät mit diesen grünen Kindern. Endlich stehen sie doch vor dem Kakteenwald. Die Öffnung der Lichtung lässt sie in den klaren Himmel schauen. Es ist Mittagszeit. Alles glänzt kompakt.

Die Feigenkakteen sind spektakuläre, fantastische, gefährliche Gebilde. Das ist keine Einbildung aufgrund von Müdigkeit und den Wechselbädern der letzten Stunden. Ein Feigenkaktus ist eine Akkumulation von mineralischem Gedeihen, so aufgebaut, dass immer das gleiche Stück wiederholt wird: das fette, eiförmige Blatt, unten schmal, nach oben hin breiter werdend, ein leicht abgeflachtes Hasenohr, ein umgedrehter Tropfen, der eine Dimension verloren hat. Eine grüne, furchtlose Schaufel, üppig gespickt mit millimetergroßen Nadeln. Aggressive Stacheln. Plastikhandflächen mit geschmolzenen Fingern. Verschachtelte, verschlungene Handflächen; Handflächen von vorne, von der Seite, schräg; Handflächen, die den Vorbeigehenden eindringlich warnen, bloß nicht näher zu kommen.

Das Kaktusgestrüpp sieht genauso aus wie gestern, wie eine sich auf dem Rückzug verteidigende Armee. Doch trotz der augenscheinlichen Rückzugsgefechte ist es nicht klar, ob der Pinienwald sich mit einer aufgeplusterten Vorhut wilder Ölbäume in Richtung Kakteen bewegt, oder ob es die Kakteen sind, die ganz langsam mit der Ruhe von Fanatikern den Berg kolonisieren.

Mit der Sonne hat sich die Armee vermehrt. Es sind Abertausende von siamesischen Handflächen übereinander, Abertausende von grünen, drohenden Blütenblättern in Gestalt von Händen, die sich plötzlich schließen werden, um den zu packen, der ihnen zu nahe kommt. Sie werden ihn gefangen nehmen mit ihren fast durchsichtigen Stacheln, die so entschlossen und kräftig sind, dass sie ihm unbemerkt bis ins Herz stechen. Es ist unmöglich, die Kakteen zu durchqueren. Sie bieten die Stirn, zeigen die Krallen.

»Wie ein Tresor«, sagt sie. »Ich habe das Bild mitten hinein geworfen.«

Gestern Nacht sind sie an dem Kakteenwald vorbeigelaufen, haben einen Bogen um ihn gemacht. Die Kaktusarmee hält den Boden rein. Das zu verteidigende Terrain gehört nur ihnen. Mit den Stacheln besetzen sie die Luft.

Das Paar schaut auf die Erde, sucht ihn nach Fußabdrücken von gestern ab. Sie entdecken Spuren neben den Pinien, da, wo die Piniennadeln spärlicher sind. Die Fußabdrücke führen hinunter, an den Feigenkakteen vorbei, doch danach kann man nichts mehr erkennen.

»Hast du weit geworfen?«

»Ich habe versucht, es in die Mitte zu werfen. Aber es war dunkel.«

Ohne ein Wort zu sagen, geht er zu einer Pinie mit einem dicken, trockenen Stamm und klettert hinauf. Er stellt sich auf einen Ast, hält sich mit den Armen an dem Ast darüber fest und tastet sich vorsichtig zur Astspitze vor. Der Ast ist trocken, er spürt seine Festigkeit unter der Sohle. Er merkt zwar, dass er etwas nachgibt, aber nicht um durchzubrechen, sondern um sich im Verhältnis zu seinem sich verlagernden Gewicht nach unten zu biegen.

Von der Höhe der Pinie aus schweift sein Blick über die Armee der Feigenkakteen, doch er sieht nichts.

»Vielleicht ist das Bild auf einem Kaktus hängen geblieben oder zwischen zweien, und die Kinder oder jemand anders hat es gefunden.«

»Vielleicht hat es jemand gefunden«, sagt sie und streicht mit der Hand durch ihre zerzausten Haare. »Aber das glaube ich nicht. Ich habe es zusammengerollt, mit der bemalten Seite nach innen, falls es noch einmal regnet, und meinen Haargummi drübergestreift. Klar, dass man es schlecht erkennen kann. Schau genau. Es ist sicher auf den Boden gefallen.«

Über die Pinien hinweg sieht man den Hang und die Ebene mit dem Meer im Hintergrund. Die Stadt sieht aus wie ein zweites Meer. Sie erstreckt sich ins Landesinnere, bis die Berge ihr den Weg versperren. Sie sind jetzt auf der anderen Seite des kleinen Tals, wo sie die Nacht verbracht haben, neben der Siedlung. Die Ebene mit der Stadt am Meer aber ist dieselbe.

Ein leeres Nest ist über seinem Kopf. Wie sehr er sich auch anstrengt, dieses Puzzle aus Tausenden von Händen überfordert ihn. Es ist unmöglich, mit dem Blick all die Hände zu durchdringen, die die Sicht auf den Boden versperren. Er macht noch einen Schritt weiter zur Astspitze, setzt einen Fuß vor den anderen, den Absatz direkt vor die Schuhspitze, und hält sich dabei mit der Hand an der Astgabel über ihm fest.

Unter seinem Fuß hört er ein kurzes Ächzen, dann das Knacken des Astes. Er bricht nur zum Teil, denn er ist nicht so trocken, wie er aussieht. Auf der Hand, mit der er sich festhält, spürt er Ameisen. Er zieht sich etwas nach vorne, legt das Gewicht des Körpers auf den Fuß. Jetzt kracht der Ast noch einmal, ohne aber vollständig durchzubrechen.

Dieser Taumel, dieses Gefühl, dass alles gut geht.

Er wischt seine Hand an der Hose ab und klettert herunter. Von unten zieht er an dem Ast, bricht ihn, entfernt die Zweige und schält die Rinde ab.

»Wir müssen langsam vorgehen«, sagt er.

Er steigt auf eine andere Pinie und wiederholt die Prozedur.

Jetzt hat jeder einen Stecken, um sich einen Weg durch die Feigenkakteen zu bahnen. Es ist weder einfach noch angenehm, der Stock bohrt sich in die Kakteen, steckt in ihrem Fleisch, und aus der Wunde strömt ein frischgrüner Geruch. Diese Wachspuppen umzuhauen, ist schwer. Der eine oder andere irgendwann verwundete Feigenkaktus zeigt an seiner aufklaffenden Haut, was aus den nassen Wunden, die sie gerade schlagen, einmal werden wird: eine graue, trockene Narbe, eine Schürfwunde oder ein offener Mund, zerfasert wie eine graue Binde über einer alten Verletzung.

Die Frau bahnt sich, tastend wie eine Blinde, um sich nicht zu verletzen, mit dem Stock einen Weg. Ab und zu bückt sie sich, um auf dem Boden nach der Rolle zu suchen.

Mit gezielten Schlägen gelingt es dem Mann hin und wieder, eine Hand zu amputieren oder einen Kaktus zu köpfen. Das Stück hängt dann herunter wie ein toter Kopf. Das stachelt ihn an, und ohne es zu merken, wird er gewalttätiger. Wenn er sich sticht, schwört er Rache. Er will diese Ansammlung von Stümpfen auf die Seite räumen.
Sie bleibt stehen, um ihm zuzusehen.
Nun kämpft der Mann, schweißnass, allein auf der Lichtung mit einem gleichgültigen Feind, um ein Gemälde zu finden, das für einen anderen bestimmt ist, und um an ein Auto zu kommen, das er nicht braucht.
Er schwingt den Ast mit beiden Händen, greift an und schlägt um sich wie ein Wilder. Er allein gegen einen Wald von Feigenkakteen, kein Kaktus darf stehen bleiben, keiner darf ihm entgehen. Er attackiert sie wütend, zerstört sie. Am liebsten würde er seine Hände nehmen und einen nach dem anderen erwürgen. Dass er das nicht kann, treibt ihn zur Verzweiflung, und er stürzt sich wie ein Verrückter auf sie und bringt sie zum Bersten. Der Stock pfeift durch die Luft. Der herausspritzende säuerliche Saft erfrischt ihn, die Flüssigkeit brennt in seinen Augen. In manchen Momenten kämpft er absolut blind mit diesen stummen, zynischen Feinden, doch er weiß, egal, wo er hinschlägt, er wird immer einen treffen; und mit einem Leben voll aufgestauter Wut drischt er auf sie ein, er durchbohrt sie mit dem Pinienast, zerfetzt, verstümmelt und köpft sie. Sein Gesicht wird von

dornigen Teilen getroffen, wie grüne Igel, doch er haut weiter drauflos, als würde es um sein Leben gehen. Und er würde schreien, wenn nicht die ganze Kraft in seine Arme gehen sollte, um den Feind zu zerstören und ihn ein für alle Mal auszuschalten.

Es ist sie, die schreit, aber er hört sie nicht.

»Hör auf! Hör auf!«

Er hört sie nicht, und er wird sie nicht hören können, bis er völlig erschöpft seinen Kopf senkt und sich nach hinten fallen lässt. Sein eigenes Gewicht zieht ihn nach unten, er fällt neben einer Pinie auf seinen Hintern. Die trockenen Piniennadeln stechen durch seine Hose. Vor sich hat er eine Fläche mit zerstörten Handtellern, offenen Köpfen und nassglänzenden, duftenden Wunden.

»Da ist es«, sagt die Frau und zeigt mit dem Stock auf einen weißen Fleck unter den Feigenkakteen.

Er rührt sich nicht. Das Atmen fällt ihm schwer.

Die Frau nähert sich langsam dem Punkt, auf den sie gezeigt hat. Sie hebt die Füße, geht über die zerstörten Figuren, den mit dornigen Minen übersäten Boden. Sie hebt die Arme, um zwischen den Kakteen durchzukommen, schiebt die abgehackten Stümpfe mit dem Stock beiseite, um nicht drauftreten zu müssen. Da sie vor allem darauf achtet, wohin sie den Fuß setzt, zerkratzt ihr der Stumpf eines Kaktus den Arm. Sie windet sich seitlich durch die Wände des Labyrinths. Wird sie es schaffen, da wieder herauszukommen? Sie wird eins mit den Kakteen, ist Teil des Waldes, verletzlich, weil sie sich bewegt. Jeder Schritt wird kleiner als der vorige, bis sie an einen Punkt kommt, wo sie nicht mehr weiterkommt. Sie ist gefangen. Aber das eingerollte Gemälde liegt fast vor ihr. Sie hebt den Stock senkrecht hoch, bückt sich, geht in die Knie, senkt langsam den Stock, schiebt die Spitze unter einen Kaktus, legt ihn auf die Erde und bewegt ihn auf dem Boden vorwärts, bis sie die Bildrolle berührt.

Sie geht behutsam vor. In der Lichtung herrscht vollkommene Stille. Kein Vogel. Es gibt nichts, worauf er sich setzen könnte.

Mit der Stockspitze piekst sie unter den schwarzen Haargummi, der über die Leinwand gestreift ist. Sie drückt mit Kraft. Der Pinienast hat eine leicht biegsame Spitze. Sie zieht. Die Leinwand folgt. Ein halber Meter Leinwand. Manchmal verliert sie sie, doch es gelingt ihr wieder, an sie heranzukommen, sie zieht weiter daran, ohne Eile. Vorsichtig angelt sie sie unter den dornigen Bärten der Feigenkakteen hervor.

Genau in dem Moment, in dem die Leinwand zum Greifen nah ist, hört man die Hunde. Sie hält den Arm mit der Trophäe über die grüne Masse. Die Hunde hat sie noch nicht wahrgenommen.

Es ist ein heftiges Bellen von zwei energiegeladenen, nervösen Hunden, das sich zusammen mit Menschenschritten nähert.

»Ich hab's«, ruft sie.

Er ist bereits aufgestanden, hat sich umgedreht und stiert zwischen den Stämmen hindurch. Das

Bellen kommt aus dieser Richtung. Er legt den Zeigefinger auf den Mund, um ihr zu signalisieren, sie solle ruhig sein, doch sie sagt noch:
»Ich komme hier nicht mehr raus.«
Sie hat es lachend gesagt. Doch plötzlich verzieht sich ihr Gesicht. Jetzt hat sie die Hunde gehört. Es gibt keinen Zweifel, dass sie auf sie zulaufen. Die Hunde und die männlichen Stimmen.
Er greift nach dem Stock, rennt zu den Kakteen und schlägt mit solch einer Kraft auf sie ein, dass der Stock sie spaltet wie eine Axt. Die Frau zittert, sie dreht sich um und sieht von oben kommend die zwei Hunde, vier Männer und das Kind von vorhin am Ende der Gruppe.
Die Frau zieht die Stacheln aus dem Pullover, um ihre Hände zu schützen, bahnt sich, so gut es geht, einen Weg durch die Dornen. Mit Stockhieben von außen schlägt er einen Ausgang für sie frei, aber die Dornen stechen sie, ihr Gesicht ist blutig, sie kann nicht mehr richtig sehen.
Irgendwie muss die Frau durch den Dornenwald kommen, mit der weißen Leinwand in der Hand und den blutig roten Fingern, um den Weg zu finden, den er ihr geschlagen hat. Jetzt ist sie draußen, und beide laufen den Abhang hinunter, sie rennen und rennen, bis er sich umdreht und sieht, dass einer der Männer ein Handy am Ohr hat. Ein anderer ruft ihnen nach:
»Halt! Haltet an!«
Sie rennen weiter bergab, bremsen an Bäumen, queren Wege, Hand in Hand.

An einer Stelle, die fast senkrecht abfällt, sind sie einfach gesprungen, ohne zu schauen, wohin, haben zweimal den asphaltierten Weg zum Leuchtturm gekreuzt, haben sich vom Gefälle leiten lassen. Es ist Tag, die Sonne scheint. Doch gestern war es dunkel, und erst, als sie am Fuß des Hügels ankommen, merken sie, dass sie genau an derselben Stelle sind wie gestern früh. Genau an der Autobahnbrücke.
Noch hört man die Hunde, aber weit weg, ihr Bellen vermischt sich mit dem Rauschen der Stadt, dem Geräusch von Motorrädern und anderem Hundegebell.
Wie in einer Wiederholung des vorigen Tages sehen sie über dem Acker Rauch aufsteigen, den Bauer wie eine Ameise mit seiner Heugabel, den Bach, und davor auf dem Weg den Alten, der sie beobachtet, als hätte er auf sie gewartet. Er hält seine Hand als Schutz vor der Sonne über die Augen, und das Schaf frisst Gras am Rand der Böschung.
Sie laufen unter der Autobahnbrücke hindurch auf den Weg zu. Sie können nicht rennen, sie bewegen sich auf den Alten zu, der ihre Zuflucht ist. Der gleichmütige Schatten einer Wolke kühlt ihren Rücken. Das Tal liegt ruhig da. Es ist Samstagnachmittag.
Als ob das Blut sich dem Element seiner Ursache angepasst hätte, ist es nicht dickflüssig und zäh, sondern hellorange. Und die Wunden haben einen konkreten, materiellen Mittelpunkt: den darin ste-

ckenden Stachel. Die Backe der Frau ist geschwollen, unförmig wie ein Landbrot.
»Und?«, fragt der Alte, als sie nah genug bei ihm sind, ohne den Blick von der rot-weißen, zusammengerollten Leinwand in ihrer Hand abzuwenden. Er macht eine Kopfbewegung, um ihnen den Weg zum Haus zu zeigen.
Sie gehen an der Anlage vorbei. Die gelben Bulldozer und die LKWs stehen auf dem Parkplatz. Niemand ist zu sehen. Es herrscht eine ungewöhnliche Stille.
Zwischendurch verdunkelt sich der Himmel, und das Gras, die Erde auf dem Weg, der Rücken des Schafes, die Umgebung hören auf zu strahlen, erst punktuell, wenn ein vorbeiziehender Wolkenfetzen die Sonne verdeckt, und dann gleichmäßig und vollständig, wenn sie sich unter dem Bauch der Wolke befinden.
Der Schatten der Wolke wandert friedlich über die Ebene, er spaziert über den Bauern mit dem Feuer, vermischt sich mit dem Rauch, trennt sich wieder und gelangt bis zu der Reihe mit den kahlen Pappeln, die den Lauf des Bachs markiert. Die Pappeln kratzen am Bauch der Wolke, bis sie über der Stadt liegt.

Die Tür ist halb offen. Drinnen ist alles voller Dampf. Ein verbeulter Aluminiumtopf steht auf dem Gaskocher. Die Flamme brennt, und der Topf zittert. Auf dem Tisch eine Tüte aus dem Su-

permarkt. Sie ist prall gefüllt. Auf dem Sofa stehen Papiertüten mit Griffen aus blauer Schnur und neuen Kleidern darin.
»Ich habe Ihnen vertraut«, sagt der Alte. »Ich war in der Stadt für Sie einkaufen. Jemand von der Kiesanlage hat mich hingefahren. Ich bin zu Fuß zurückgekommen. Sie müssen sich waschen, aber ich habe keinen Alkohol. Ich wäre auch in eine Apotheke gegangen, aber mir ist keine Geschichte eingefallen. Wir sind bescheiden. Hier ist Wein. Ich kann Ihnen auch einen Eimer Wasser bringen. Setzen Sie sich.«
Der Alte nimmt den Eimer, das Schaf schaut auf. Der Alte marschiert hinaus, schüttet das alte Wasser weg und füllt den Eimer an der Zisterne.
»Warten Sie«, sagt er, als er wieder im Haus ist. »Ich habe Ihnen noch etwas mitgebracht.«
Er wühlt in der Tüte auf dem Tisch und holt ein Stück Seife heraus.
»Ich habe daran gedacht.«
Er geht wieder hinaus und kommt mit einem weißen Handtuch zurück.
»Es ist noch nicht ganz trocken.«
Unter dem kalten Wasser glühen die Hände etwas weniger.
»Ich bin übersät mit Stacheln«, sagt sie.
Der Alte nimmt die Leinwandrolle vom Tisch. Er streift den schwarzen Haargummi ab und breitet die Leinwand auf dem Tisch aus.
Es ist ein Hochformat mit einem Jungen, ähnlich dem, den sie im Wald getroffen haben. Gemalt in

verschiedenen Rottönen, ausschließlich rot, mit kräftigen, bösen, höllischen Pinselstrichen. Es ist ein Junge, aber es könnte genauso gut ein Teufelskopf sein.

»Und das andere?«, fragt der Alte.

»Wir haben es nicht mitgenommen«, sagt sie.

Der Alte löscht die Flamme, der Topf tanzt noch ein bisschen, bis das Wasser schließlich aufhört zu kochen.

»Kartoffeln«, sagt er.

Sie kann nicht mehr.

»Es tut wirklich sehr weh«, sagt sie.

Sie gehen nach draußen. Die Frau zieht langsam ihre Kleider aus; die Hose, den Pullover und die Bluse. Die Unterwäsche ist voller Dreck.

Der Alte winkt ab.

»Lassen Sie sich von mir nicht stören.«

Die Haut der Frau ist rot, entzündet, vor allem an den Armen und Beinen. Voller Stacheln. Ein Fleischkaktus.

Auf der entzündeten Haut spürt man die Sonne stärker brennen. Sie setzen sich beide auf das Mäuerchen um die Tenne. Er kneift seine Fingernägel zusammen und zieht die Dornen heraus, die sie ihm zeigt.

»Wir brauchen eine Pinzette«, sagt der Mann.

»Wir werden eine besorgen«, sagt der Alte. »Haben Sie ein Handy?«

»Nehmen Sie es ruhig«, sagt sie.

Der Alte geht ins Haus. Das Schaf bleibt draußen. Es hat sich an die Gäste gewöhnt.

»Alles bestens«, hören sie drinnen den Alten sagen. »Ja. Nur eines. Einverstanden? Hör zu. Wir brauchen eine Pinzette. Eine kleine Pinzette. Ja. Sehr gut.«
Eine majestätische Elster setzt sich auf einen Ast im Feigenbaum.

Die Elster knickt etwas ein, ihr Bauch senkt sich, sie streckt die Beine, breitet die Flügel aus und fliegt davon. Als wäre eine schwarze Katze vom Baum gesprungen, schnellt der Ast an seinen Platz zurück. Vom Platz vor dem Haus aus kann man den Weg in die Stadt nicht einsehen, oben vom Feigenbaum aus schon.
Das Geräusch eines Motors kommt näher.
Der Alte beruhigt sie mit einer leichten Handbewegung.
»Er wird das Gemälde mitnehmen«, sagt er. »Danach werden wir essen und dann gehen wir Ihr Auto holen.«
Ein weißer Mercedes, ein altes Modell, fährt langsam auf das Haus zu. Er manövriert durch das hohe Gras mit dem Mercedesstern als Galionsfigur. Auf diesem Weg ist schon lange kein Auto mehr gefahren. Das Gras streift den Mercedesbauch. Mal neigt er sich auf die eine, mal auf die andere Seite, immer, wenn ein Rad auf einer Seite tiefer einsinkt. Er hinterlässt auf dem Grün eine glänzende Reifenspur. Die aufgequollenen Pflanzen bleiben zerdrückt und zerquetscht liegen.

Im Mundwinkel des Fahrers, einem kleinen, stämmigen Mann, steckt ein ausgegangener Zigarillo. Dunkle Jacke, heller Pullover, Goldkette. Sechzig, sehr dunkel.

Als er das Grüppchen auf der Tenne sieht, parkt er das Auto mitten auf dem Weg. Zuerst weiß er nicht, wo er hinschauen soll, doch dann läuft er weiter auf sie zu, als sei die Szene das Normalste auf der Welt.

Er hat einen Erste-Hilfe-Kasten dabei. Einen weißen Koffer mit einem roten Kreuz in der Mitte.

»Der arme Fornells!«, sagt er.

»Armer Fornells?«, fragt der Alte. »Abwarten.«

Er schaut das Paar an und fragt sie:

»War es schwierig, in sein Haus zu kommen? Wo haben Sie ihn kennengelernt? Jetzt können Sie reden. Sie bekommen jetzt das Auto, fahren weg, und wir sehen uns nie wieder.«

Er erwartet keine Antwort. Er hat es nur gesagt, um das Eis zu brechen und um das komische Bild, das die vier abgeben, etwas normaler erscheinen zu lassen.

Der mit dem Zigarillo bückt sich und streichelt den Kopf des Schafes.

»Arme Tranquilla«, sagt er.

Und danach zum Alten:

»Was meinst du dazu?«

»Es ist eines aus der Serie. Es liegt auf dem Tisch.«

Der Mann mit dem Zigarillo lächelt ihnen zu und überreicht ihnen den Erste-Hilfe-Kasten.

»Das ist für Sie.«

Er geht ins Haus und kommt mit dem roten Portrait in der Hand zurück. Die Feuchtigkeit der Nacht hat dazu geführt, dass sich die Leinwand von selbst einrollt und eingerollt bleibt.
»Der Junge«, sagt er.
In dem Koffer ist alles, was man braucht: unterschiedlich große Pinzetten, Verbandsmull, Binden, Watte, Alkohol.
»Gehen wir rein zum Essen«, sagt der Alte. »Ich habe einen Eintopf gemacht, extra Fleisch gekauft.«
Er bückt sich, um ein paar Holzscheite aufzuheben, ehe er das Haus betritt.
Der mit dem Zigarillo folgt ihm.
Die beiden anderen bleiben draußen. Die Sonne breitet eine saubere Decke über ihnen aus. Vom Boden steigen der Dampf der zerdrückten Pflanzen und der schon etwas verwehte Geruch des Auspuffs auf.
Ihr ganzer Körper ist mit Stacheln übersät. Arme, Beine, Brüste. Mikroskopische Stacheln. Doch im Licht sieht es aus, als steckten sie in einer kleinen Kuppel. Sie werden stofflich.
So sitzen sie auf der Tenne. Er zieht ihre Hand in die Nähe seiner Augen oder beugt seine Nase über den Punkt, den sie ihm nennt. Sie wirken wie ein Paar mit einer langen gemeinsamen Vergangenheit oder einer langen Zukunft. Böse Dornen aus nassem Holz. Man muss dem Fleisch nur ein bisschen nachhelfen, damit es den Stachel hinausstößt. Er greift ihn mit der Pinzette und mit etwas

Druck kommt er heraus, aus einem Tropfen Blut. Dann betupft er die rote Haut mit einem alkoholgetränkten Wattebausch.
Das Schaf ist auch draußen geblieben. Es rupft Gras. Seine gelblichen Zähne, voll mit grünem Schaum, sind so etwas wie eine Pinzette.
Als er ihr den letzten Stachel herausgezogen hat, steht sie auf, zieht sich an und geht mit dem Schaf zwischen ihren Beinen ins Haus. Das Ziehen der Dornen hat sie erleichtert, gleichzeitig aber angestrengt. Mager, mit dem Blick auf die Füße gerichtet, setzt sie einen Fuß vor den anderen und lässt dabei eine Spur Alkohol hinter sich.
»Ich bin völlig fertig«, sagt sie beim Eintreten, »ich brauche eine Zigarette.«
Die Welt ist verrückt, denkt er, allein auf der Tenne sitzend. Bisher haben sich seine Erkenntnisse aus dem zusammengesetzt, was er vor seinen Augen hatte, seine Gäste und seine Frau. Doch von dieser unordentlichen Welt abseits, hinter den Städten, von diesen Tälern, den dunklen, tiefen Bergen, die sich in die Ferne hineinziehen, von alldem wusste er nichts.
Vielleicht wäre es mit einem Kind anders gewesen. Hinter diesen Bergen sind andere Berge und dahinter noch mehr Berge, Mauern hinter Mauern, ohne Ende.
So viele Jahre, die sich verflüchtigen. Wie leicht es jetzt wäre, loszurennen, mitten durch diese Felder. Aber man kann nicht einfach losrennen, man kann nicht fliehen. Seine Kleider sind schmutzig und

zerrissen, seine Hände entzündet, voller roter Stellen. Auch er hat sich ein paar Dornen herausziehen müssen. Er fühlt noch die Leere, die sie hinterlassen haben. Die Wunde von dem Stein an der Handfläche klingt nach. Aber diese Wunde ist angenehm. Sie verrät ihn, sie ist der Beweis, der ihn vor einem Richter überführen würde.

Im Erste-Hilfe-Kasten ist ein kleiner Spiegel. Er hat sich seit zwei Tagen nicht rasiert. Seine Bartstoppeln sind weiß.

Er lässt den Erste-Hilfe-Kasten draußen stehen. Die Pinzette und den Alkohol nimmt er mit nach drinnen.

Das Haus wirkt wie eine Höhle mit menschlichen Schatten an den Wänden. Der Tisch ist zu klein für vier. Der Alte bückt sich vor dem Feuer, wickelt das Fleisch aus, gibt einen Schuss Öl darauf, etwas Salz und legt die Lammkoteletts aufs Feuer. Das Schaf schaut ihm zu.

Die Frau sitzt mit einer Zigarette zwischen den Fingern am Tisch. Sie zieht den Rauch tief in sich hinein, schnippt die Asche auf den Boden.

»Kennen Sie ihn oder nicht?«, fragt der mit dem Mercedes. »Hatten Sie einen Auftrag?«

»Wir waren zufällig da. Wir haben das Bild nicht aus dem Haus gestohlen, sondern von dem Mann, der es gestohlen hat. Aber eigentlich ist das egal.«

»Heutzutage fahren keine jungen Pärchen mehr zum Leuchtturm«, sagt der mit dem Zigarillo grinsend. »Früher ja. Und Sie fahren jetzt beide dahin und behalten ein gestohlenes Bild.«

»Aber nur eins«, sagt der Alte vor dem Feuer. »Das zweite haben Sie dort gelassen. Das ist jetzt bei der Polizei.«

»Und Sie werden es uns überlassen?«, fragt der mit dem Zigarillo.

»Es bleibt uns nichts anderes übrig. Wir brauchen ein Auto.«

»Das wundert mich nicht«, sagt der Alte.

Die Frau zündet sich eine neue Zigarette an. Das schwache Licht der Glühbirne betont die Umrisse und die Schatten ihres angeschwollenen Gesichts mit der gespannten, geröteten Haut.

»In der Tüte da sind Kleider«, sagt der Alte. »Während ich das Fleisch grille, können Sie sich umziehen.«

Sie nehmen die Kleider, den Eimer und die Pinzette und gehen ins Zimmer. Sie setzen sich aufs Bett und ziehen sich um.

Jetzt dringt ein angenehmer Rauch durch die Tür, der sich mit dem Duft der neuen Kleider vermischt. Geruch von gegrilltem Fleisch, siedendem Öl und Zigarrenrauch.

Sie reden nicht, sie wollen hören, was auf der anderen Seite der Tür passiert. Sie verzieht ihr Gesicht. Sie hat doch noch mehr Stacheln in der Haut, die sich bisher ruhig verhalten haben und sich nun bemerkbar machen. Beim Umziehen kommen die Stacheln in Bewegung. Einer bleibt in der Hose hängen, ein anderer im Unterhemd. Dann entdeckt sie eine Dornenspitze mitten auf einer kleinen roten Erhebung, und der Schmerz

manifestiert sich so, als hätte sie erst den Stachel sehen müssen, um den Schmerz zu spüren.
Die Kleider haben nicht genau ihre Größe, aber es geht. Sie sind leicht. Die Pullover sind bequem, angenehm, aus Wolle. Bei den Schuhen hat er einige Nummern größer genommen, für den Fall, dass er sich irrt. Mit einem Gürtel halten Hose und Rock. Er steckt die Brieftasche und die Münzen in die neue Hosentasche.
»Ich sehe, dass die Frau in dem Laden mich nicht reingelegt hat«, sagt der Alte, als sie aus dem Zimmer kommen. »Sie sehen prima aus!«
Das Fleisch dampft auf einer Platte auf dem Tisch. Teller und Plastikbecher sind gedeckt. Und es gibt auch eine versiegelte Flasche Mineralwasser.
Der Alte macht einen Tetrapak auf.
»Irgendwann gewöhnt man sich an den Wein«, sagt er.
Er stellt dem Schaf ein Schälchen voll hin.
Der Rauch des Zigarillos vermischt sich mit dem Rauch des Feuers im Kamin. Der Mann lächelt. Seine Backen sind rot geworden.
Sie nehmen sich Lammkoteletts von der Platte und essen sie mit den Händen. Viele sind es nicht. Sie nagen sie bis auf den Knochen ab.
»Der arme Fornells«, sagt der Mann mit dem Schaf. »Er war ein guter Freund von uns. Jetzt werden wir uns wohl wiedersehen. Wir kennen ihn seit unserer Jugend. Er war der Sohn des Apothekers. Jeden Tag fuhr er mit dem Zug in die Uni. Damals konnten sich das nicht viele leisten. Hier

wohnten nur Fischer und Bauern. Außerdem gab es noch Textilfabriken. Ein paar existieren noch. Auch der eine oder andere Bauer ist noch da. Fischer keine mehr. Ich komme aus einer Bauernfamilie. Aber das hier war nicht unser Haus, sondern eine Scheune. Die Felder hier, die Kiesanlage mit den LKWs, das Stück unter der Brücke, das gehörte alles uns. Weiter unten hatten wir noch ein paar Weinberge.«

»Du wolltest nicht heiraten«, sagt der andere lachend. »Du wolltest partout nicht heiraten.«

»Ich habe mit den Schafen angefangen. Eine Katastrophe. Meine Eltern arbeiteten auf den Feldern. Also wollte ich mich um die Tiere kümmern. So viel Ärger und alles umsonst.«

»Das kommt vor«, sagt der mit dem Zigarillo.

»Der Ort hier ist sehr groß geworden, jetzt kennt man sich nicht mehr, aber Fornells ist einer von hier. Als er jung war, ging er nach Barcelona. Die Leute sprachen damals schon über ihn. Ich bin zwar jünger als er, kann mich aber gut daran erinnern.«

Draußen scheint jetzt die Sonne, doch das Haus ist eiskalt, und die Hitze des Kaminfeuers mischt sich mit der Hitze des Weins. Niemand hat es eilig. Das Gemälde liegt eingerollt auf dem Kühlschrank.

»Fünfzehn Jahre«, fährt der Alte fort, »hat es gedauert, bis er zurückgekommen ist, als schon keiner mehr damit gerechnet hat. Er ist mit einer schwangeren Frau zurückgekommen und hat sich hier ein Haus gekauft. Damals hat er schon gemalt. Er war noch kein bekannter Maler, eigentlich war er nicht mal Maler, er war Rechtsanwalt, ein renommierter Rechtsanwalt, das ja, ein Rechtsanwalt aus Barcelona, der am Sonntag malte. Er kam ab und zu hierher. Dadurch haben wir uns kennengelernt. Er machte Skizzen hier am Bach. Er kam viele Jahre. Um sich zu entspannen. Der hier und ich kannten uns schon. Wir gefielen ihm. Ich weiß nicht. Bald hockten wir zusammen. Wir beide und er. Zumindest am Wochenende waren wir hier ... Wir haben ihm die ganze Gegend gezeigt, alle Motive. Weder er noch irgendwer sonst hätte sich vorstellen können, dass er irgendwann ein richtiger Maler sein würde. Wie auch ...? Später brachte er seinen Sohn mit. Wegen ihm sei er auch zurückgekommen, sagte er. Er wollte, dass er diese Felder um sich hatte. Denn damals gingen die Felder noch bis zum Meer. Nicht wie jetzt. Und das ist gar nicht so lange her. Jetzt ist alles übel. Habt ihr die Motorräder gehört? Also, am Wochenende sind Vater und Sohn hierher gewandert, und im Sommer haben sie Tüten voll Feigen mitgenommen. Feigen und Gemüse haben wir ihnen verkauft. Meine Mutter lebte damals noch, sie passte auf das Kind auf. Seine Frau ist nie hierher gekommen. Sie blieb zu Hause. Das ist alles schon sehr lange her. Mehr als dreißig Jahre. Der hier war auch noch jung.«

»Wir trafen uns hier in diesem Haus«, sagt der mit dem Zigarillo. »Wir saßen genau an demselben

Tisch wie jetzt, wir beide, er und der Junge. Er zeigte uns die Zeichnungen, die er gemacht hatte. Er hatte es im Blut. Du hättest das Original nicht von der Kopie unterscheiden können. Manchmal hat er das Bild hier aufgestellt unter dem Fenster, noch nass, und ich sagte zu dem hier: Na, was hältst du davon?«

»Und dann haben sie sein Kind überfahren.«

»Total idiotisch. Er war dabei und hat zusehen müssen.«

»Ohne dieses Unglück würde ihn niemand kennen. Aber heute ist er in der halben Welt bekannt. Es war ein dummer Unfall. Er wollte seinen Sohn von der Schule abholen. Eine Mutter fuhr rückwärts, hat das Kind nicht gesehen. Es war eher von kleinem Wuchs, wie der Vater. Die Frau fuhr rückwärts, das Kind fiel hin und schlug mit dem Kopf auf den Bürgersteig. Es ging ganz schnell.«

»Nach der Beerdigung verschwand er. Wir hörten ein Jahr lang nichts von ihm. Ein ganzes Jahr, bis er eines Tages wieder mit der Staffelei auftauchte. Mager, abgezehrt. Er stellte sich hier vorne im Gemüsegarten auf, und ohne ein Wort zu sagen, fing er an zu malen. Ich bin zu ihm hingegangen, und er hat mich umarmt.«

»Er malte nur dunkle Flecken. Es kam nichts dabei heraus. Er malte nur mit Grau. Wenn es so trüb war wie gestern, konnte man zwischen dem Bild und der Natur eine gewisse Ähnlichkeit sehen. Aber es ist ja völlig normal, dass es ihm so ging, oder? Wenn ich zu ihm hintrat, sagte er: Ich muss malen, malen ... weiter sagte er nichts. Er malte die Wolken grau, schwarz ... Jahrelang. Er kam jetzt nicht nur sonntags. Er machte nichts anderes mehr, lebte eingesperrt in seinem Haus, mit geschlossenen Fensterläden, und wenn er sich ein bisschen besser fühlte, kam er hier raus. Ich glaube, er kam auch, um uns zu besuchen. Es konnte sowohl an einem Montag als auch an einem Mittwoch sein. Er malte diesen Feigenbaum, obwohl malen vielleicht zu viel gesagt ist. Er hatte sich von seiner Frau getrennt. Da lebte meine Mutter schon nicht mehr. Er malte nur Flecken.«

»Kleckse. Er konnte nicht malen, er konnte nicht einmal einen Pinsel halten!«

»Doch daraus haben sich allmählich Bilder entwickelt, denn langsam entstand aus diesem Grau in Grau ein Portrait. Es wurde der Körper und das Gesicht seines Sohnes. Er kam, setzte sich hin und malte dieses Kind. Er stellte die Staffelei so auf, dass er sah, wo sein Kind gespielt hatte, die Tenne, die Felder ... Er sah ihn noch dort. Er malte Dutzende und Aberdutzende Bilder von seinem Sohn, Hunderte, aber es waren seltsame Portraits, denn sein Sohn ...«

»Sag's ruhig. Der Junge war ein Toter. Seine Haut war grau, sein Gesicht eingefallen. Es war ein totes Kind.«

»Er machte dann eine Ausstellung. Ich weiß nicht, wie es genau gelaufen ist. Er kannte viele Leute aus der Zeit, als er noch die Kanzlei hatte. Jemand muss ein Geschäft gerochen haben und hat ihn dazu ermuntert. Ich glaube nicht, dass Geschäftemachen ihn groß interessiert hat. Aber man organisierte in Barcelona eine Ausstellung mit ungefähr zwanzig Bildern von seinem Sohn.«

»Die Leute standen Schlange. Die Menschen sind sehr morbid.«

»Die Kunsthändler, oder wer auch immer, organisierten eine weitere Ausstellung in Madrid. Er kam in die Zeitungen. Die Ausstellung dort war viel größer, an die hundert Bilder. Es gab eine große polemische Diskussion, aber er hat alle verkauft. Von da ging es ins Ausland ...«

»Nun hängen seine Bilder in den wichtigsten Museen der Welt. Und wir haben zugesehen, wie sie gemalt wurden.«

»Er ist viel gereist und hat viel Geld gemacht. Hierher ist er nicht mehr gekommen. Er wollte seine Welt von vor dem Unfall loswerden. Nie wieder hat er den Jungen gemalt.«

»Er hat sich neben dem Leuchtturm ein Grundstück gekauft. Das Grundstück liegt im Landschaftsschutzgebiet, ihr seht ja, dass kein weiteres Haus da oben steht. Aber wie man weiß, kann man mit Geld viel erreichen.«

»Er hat sich dort oben eingeschlossen und gemalt.«

»Er ist nicht mehr hierher gekommen. Das ist schon Jahre her. Das heißt nicht, dass wir nichts von ihm gehört hätten. Dies ist ein Tal und hier weiß man, was passiert. Er ist inzwischen sehr alt. Seit Monaten geht er nicht mehr aus dem Haus, er geht nirgendwo mehr hin. Es fahren kaum Autos nach oben.«

»Diese Bilder von seinem Sohn«, sagt der Alte, »sind völlig anders als das, was er später gemalt hat. Sie haben ihn berühmt gemacht. Sein Haus hängt voll mit wertvollen Bildern. Man sagt, er besitzt auch einige Bilder von Miró. Aber vielleicht sind diese beiden aus der Serie noch mehr wert. Es sind die einzigen, die er nicht hatte verkaufen wollen.«

»Wer dort eingebrochen ist, musste das wissen.«

»Der kannte ihren Wert.«

»Unter Umständen hat es auch einen anderen Grund gehabt. Vielleicht haben sie ihn verletzen wollen ...«, sagt der mit dem Mercedes. »Oder umgekehrt, vielleicht wollte man ihn wieder ins Gespräch bringen ... In der Kunstszene redet man schon lange nicht mehr über ihn.«

»Kannte der Einbrecher das Haus? Ich meine, kannte er das Haus von innen?«

»Die Alarmanlage war abgeschaltet«, sagt er und ihm fällt die Spielecke im Garten ein.

»Warum hat er nicht gleich die Tür aufgelassen?«

»Die Alarmanlage abgeschaltet ...«

»Zu einsam!«

Das Schaf springt auf der Beifahrerseite in den Mercedes. Es ist nicht das erste Mal, dass es in dieses Auto steigt. Es steht zwischen den Beinen des Alten.

Sie fahren rückwärts auf den Hauptweg. Dann und wann streift der Bauch des Mercedes den Boden. Die eingerollte Leinwand liegt vor dem Lenkrad.
Sie fahren in Richtung Stadt, doch dann biegen sie ab, fahren über eine Brücke und dann am Fuß des Hügels entlang, den man vom Haus aus gesehen hat. Sie passieren einen Lagerplatz für Butangas, mit Hunderten von ordentlich wie ein Regiment aufgestellten Gasflaschen. Dann kommen sie an einen Flachbau aus Betonziegeln und Eternitdach.
»Das ist eine Schweinemast«, sagt der Alte. »An manchen Tagen ist der Gestank unerträglich. Wir haben Glück, dass dieser Hügel zwischen uns liegt. Jetzt wollen sie in der Nähe einen Müllplatz bauen. Dann kommt der Gestank nicht mehr nur von hier.«
Der Fahrer hat immer noch den erloschenen Zigarillo im Mund, ganz nass von der Spucke.
Der Weg ist jetzt matschig und schwarz wie die Berge im Hintergrund. Die Räder schleudern Steine aus der Erde, die manchmal an das Bodenblech des Autos schlagen. Sie sind jetzt wieder hinter dem Hügel, auch hier verläuft die Autobahn, dieselbe wie die über die Brücke im anderen Tal. Der Weg führt ein Stück an ihr entlang. Ein niedriger Metallzaun trennt sie vom Asphalt. Auf der Standspur ein blaues Schild mit großen weißen Buchstaben: C-34 Barcelona. Die Autos rasen an ihnen vorbei. Der Tunnel verschlingt sie.

Auf der anderen Seite der Autobahn, auf der Kuppe eines Hügels, der sich bis zum Meer erstreckt, steht das weiß getünchte Kästchen einer Kapelle, mit einem kleinen Glockenaufsatz auf der Fassade. Die Kapelle ist dem Meer zugewandt. Der Hügel ist hoch genug, dass man sich vorstellen kann, von dort oben die Ebene zu überblicken.

Sie fahren an einem Schrottzaun vorbei. Er ist aus nebeneinander aufgestellten, verrosteten Sprungfederrahmen gemacht und einem alten Fußballtor mit einem zerrissenen schwarzen Netz. Der Weg ist einige Meter abschüssig und führt schließlich in ein aus dem Wald geschlagenes Rechteck, eine baumlose Mulde aus Lehm. Der Mercedes richtet seine lange Schnauze nach unten, und das Innere der Mulde liegt vor ihren Augen. Es ist ein Autofriedhof.

Am Eingang steht ein Abschleppwagen, wesentlich älter als der, der die Autos am Leuchtturm abgeschleppt hat. Er steht dort mit einem roten Ibiza, der noch an seiner Kette hängt.

Der Fahrer parkt den Mercedes hinter dem Ibiza und zieht den Schlüssel aus dem Schloss. Alle vier steigen aus, das Schaf folgt ihnen. Der Boden ist schlammig, mit einem Weg voller eingestanzter Us, die Hufabdrücke eines Pferdes.

Die Schrottautos sind so gestapelt, dass sie möglichst wenig Raum einnehmen. Es ist ein Parkplatz, aus dem man nicht mehr herausfährt. Alte Modelle, die Farben ausgebleicht, verbeulte Türen, abgefahrene Reifen, viele ohne Felgen ... Bei

einigen sind Dach oder Seiten durchgerostet, bei anderen die Spiegel abgerissen.
Ganz vorne steht eine ausgebrannte Familienkutsche. Es ist unmöglich, das Modell zu erkennen. Fenster ohne Scheiben. Verbrannt bei einem Unfall. Der gelbe Lack ist aufgeplatzt wie eine Haut, geschmolzen wie Plastik; er ist nur noch an wenigen Stellen sichtbar.
Daneben ein Golf mit zerquetschter Motorhaube. Er ist frontal zusammengestoßen, die Windschutzscheibe ist ein Spinnennetz aus Glas.
Jedes Fahrzeug hat sein Ende gehabt, wie der Fahrer am Steuer, und in jedem gibt es Überbleibsel des ehemaligen Besitzers: Aufhänger am Rückspiegel (eine Giraffe, verblichene Plastikblumen, Würfel); ein kleines, vergilbtes Foto einer Frau in einem versilberten Metallrahmen am Handschuhfach; ein Aufkleber als Erinnerung an eine schöne Reise (ein rotes Herz mit dem Namen Palamós); irgendein herumliegender Gegenstand, eine Sonnenbrille oder ein Strohhut, offen im Rückfenster liegend oder etwas versteckt; Krümel, Geldmünzen, Bleistifte unter den Fußmatten oder zwischen den Sitzen.
Weiter hinten ein Lieferwagen ohne Türen. Ein blauer Panda, auf der Fahrerseite zerkratzt, als ob jemand mit einer Pflugschar entlanggeschrammt wäre. Ein Landrover mit einem Gepäckträger und einer ausgerissenen Hintertür.
»Was für ein Modell hätten Sie gerne?«, fragt der mit dem Zigarillo. »Hier haben wir alles, wie Sie

sehen. Das Einzige, was wir nicht haben, ist das obere Segment. Das behalte ich selbst.«
Man kann die Bergkuppe mit dem Leuchtturm sehen. Die weiße Säule und die davorstehende Palme zeichnen sich deutlich vor dem Himmel ab. Die Sonne ist dichter geworden. Jetzt ist der Himmel eine Platte. Bald wird er sich in der Dunkelheit auflösen.
»Soll das ein Witz sein?«, fragt er. »Funktionieren die alle?«
»Sie können sie ja ausprobieren.«
In einer Ecke dieser Mulde steht ein halbes Dutzend Wohnwagen, so dicht nebeneinander, dass man von einer Tür zur anderen gehen könnte, ohne den Boden zu betreten. Daneben eine mit Stöcken eingezäunte Weide mit einem jungen, stattlichen grauen Pferd.
»Welchen empfehlen Sie mir?«
»Kommen Sie.«
Am Ende der Autoreihe steht eine noch kleinere Hütte als das Haus, aus dem sie gerade kommen. Ein Eternitrohr, das wie ein Hut ausläuft, dient als Schornstein. Aus dem Schornstein steigt Rauch. Vor der Hütte steht ein Tisch mit weißen Plastikstühlen. Ein angeketteter Schäferhund fängt an zu bellen. Der Hund rennt hechelnd und mit dem Schwanz wedelnd auf die Gruppe zu. Der mit dem Zigarillo geht voraus und streichelt ihn. Das Tier wird ruhig. Dann versucht es, näher zu kommen, um an dem Schaf zu riechen. Die Kette ist straff und hält den Hund zurück.

Im Hintergrund hört man die Autobahn rauschen, aus der Hütte dringen die Stimmen eines Zeichentrickfilms. Die Tür öffnet sich. Im Innern flackert ein Feuer auf dem Boden. Kinder springen heraus. Ungefähr zehn Jahre alt, mit lockigen Haaren und abgetragenen schmutzigen Kleidern. Dunkelhäutig. Zigeuner. Die Kinder des Mannes mit dem Zigarillo. Niemand sonst zeigt sich. Sie bleiben vor der Tür stehen und schauen. Der Alte begrüßt sie mit einem Lächeln. Der mit dem Zigarillo nickt mit dem Kopf in ihre Richtung und betritt, ohne ein Wort zu sagen, die Hütte. Man hört ihn mit einer Frau reden.

Das Schaf hat sich vom Hund entfernt. Während sie warten, hebt das Pferd den Kopf und wiehert. Der Mann mit dem Zigarillo kehrt mit Autoschlüsseln in der Hand zurück und geht zu einem blauen, alten R4.

»Ein Bauer hat ihn mir gebracht. Er fährt noch. Ich habe ihn einem Schwarzen versprochen, aber das wird sich schon regeln lassen. Meistens kommen sie nicht wieder. Dieses Auto ist wie neu. Es hat etliche Jahre auf dem Buckel, aber es ist wie neu. Die Kfz-Steuern sind bezahlt.«

Er steigt ein, setzt sich ans Lenkrad und startet den Motor.

»Wie Sie sehen«, sagt er. »Schon beim ersten Versuch. Es hat sogar ein Radio. Ich habe es erst gestern eingebaut.«

Er stellt das Radio an. Die Lautsprecher rauschen. Er dreht die Lautstärke herunter.

»Was machen Sie mit dem Bild?«, fragt der Mann, als der andere ihm den Schlüssel überreicht.
»Wollen Sie es uns abkaufen?«, fragt der Alte.

Sie laden den Alten und das Schaf ein und fahren zurück über die Brücke. An dem Weg zu seinem Häuschen setzen sie ihn ab.
Das Gemälde ist auf dem Autofriedhof geblieben.
»Viel Glück«, sagt der Alte, bevor er die Tür zuschlägt.
Die Backe der Frau ist noch geschwollen. Sie hat sich wieder einen Pferdeschwanz gemacht.
»Geben Sie das Bild zurück?«
»Das ist allein unsere Angelegenheit«, antwortet der Alte.
Sie fahren an bestellten Feldern vorbei, dahinter ein Haus und ein Windrad mit orangen Flügeln auf einem Metallturm.
Die Furchen in einem Weinberg sind kleine Wellen in den Wellen des Berges.
Auf der Kuppe eines kahlen, konischen Hügels sieht man die Reste eines Schlösschens, verstümmelte Mauern, ähnlich dem zerfallenen Haus am Morgen im Wald, doch ohne Vegetation. Der Weg nach dort oben malt ein Z auf den Berghang.
Sie fahren unter der Landstraße hindurch. Die Autos auf der Straße kommen nur langsam vorwärts. Hier beginnt die richtige Stadt, eintönig und übervölkert. Zwischen dieser Brücke und dem Meer gibt es nicht einen Zentimeter, den man noch be-

bauen könnte. Es sind billige, moderne und monotone fünf- oder sechsstöckige Wohnblocks.
»Wo fahren wir hin?«, fragt sie.
»Ich bringe dich ins Hotel.«
Statt einer Antwort holt sie die Zigarettenschachtel aus der Tasche. Sie nimmt die letzte Zigarette heraus, knüllt die Schachtel zusammen und wirft sie auf den Rücksitz.
»Sagst du mir den Weg oder muss ich fragen?«
»Links.«
Untertänig wie ein Schaf.
»Jetzt rechts.«
Er erkennt die Straße zum Hotel sofort. Es ist eine abschüssige Straße mit dürren Bäumen am Straßenrand. In der Bar ist richtig was los. Hineingehende Gäste. Es ist die Zeit. Ein Mann steht an der Tür, wartet auf jemanden. Bald wird es dunkel. Die Leute werden zum Abendessen gehen, danach werden andere kommen.
Sie steigen beide aus.
Der Mann schaut nach oben. In dem Hotelzimmer ist der Rollladen heruntergelassen.
»Still«, sagt sie. »Er ist sicher da.«
Aber sie weicht nicht von seiner Seite. Sie wartet, dass er irgendetwas zu ihr sagt, ihre Hand nimmt oder ein paar Sekunden vorübergehen lässt: Sie wünscht sich, dass es eine Hoffnung gibt, nicht nur einen Abschied, und das war's dann.
»Willst du einen vollkommen fertigen Typ sehen?«, fragt sie.
»Nein«, antwortet er.

Die Frau dreht sich um und betritt die Bar. Man kann sie durch das Fenster sehen. Über den Köpfen der sitzenden Gäste durchquert sie die Rauchwolke im Lokal in Richtung Rezeption.
Das Licht im Treppenhaus geht an.
Die Linien im Rollladen leuchten auf. Manchmal sieht man einen Schatten.
Der Mann steigt wieder in den R4.
Er ist sie endlich los. Nichts ist geblieben. Er denkt an seine Frau und an die Gäste in seiner Bar, standfest wie er. Es ist genug Zeit vergangen. Sie hatten Zeit, sich zu beruhigen.
Er macht das Radio an. Die Sechs-Uhr-Nachrichten. Der Einbruch interessiert bereits niemanden mehr.
Er sucht einen Lokalsender. Eine junge, honigsüße Stimme sagt:
»Und jetzt ein Pop-Klassiker. Madonna: La Isla bonita.«
Ein junger Moderator, allein in einem kleinen Studio voller CDs hinter einer schalldichten Scheibe eingeschlossen.
Er öffnet die Autotür, streckt den Kopf hinaus, schaut nach oben. Im Zimmer ist noch Licht. Solange man noch vor etwas oder jemandem fliehen kann, weiß man, wohin man gehen muss.

Er fährt schon eine ganze Weile durch die Stadt. Manchmal umklammert er fest das Lenkrad, um die Wunde an der Hand zu spüren.

Es gleicht einer Kanalfahrt. Sich mit der Strömung treiben lassen. Er fährt durch die Straßen, an Häuserblocks vorbei, umrundet jeden Platz, sieht zu dieser Stunde am späten Nachmittag die Mütter mit ihren Kindern, die Denkmäler, die Apothekenlogos.

Im Rückspiegel beobachtet er die Fahrer hinter sich, die sich langsam durch das städtische Labyrinth quälen. Die Straßen sind eng und verstopft. Die Leute parken mit eingeschalteter Warnblinkanlage auf den Gehwegen.

In der Stadt ist die Nationalstraße wie eine normale Straße, immer voll, dieselbe Nationalstraße wie in seiner Heimatstadt, mit den Ampeln, den immer heruntergelassenen Rollläden. Er lässt sich von den Verkehrszeichen leiten. Es gibt viele davon, zu viele, hintereinander, kleine, große, neue, alte, mit Zeichnungen, mit Buchstaben, mit Zahlen, runde, dreieckige, bunte. Jedes mit seiner eigenen unanfechtbaren Anweisung, wetteifern sie miteinander.

Er hat den Stadtrand und das Gewerbegebiet erreicht, mit Autohändlern, Möbelgeschäften und Einkaufszentren. Er fährt auf die Parkplätze und verlässt sie wieder. Der Kinoparkplatz ist belegt, ebenso die Parkplätze der großen Supermärkte, voll von ineinandergeschobenen, mit Kettchen verbundenen Metalleinkaufswagen, die wie Würmer aussehen.

Wieder zurück ins Stadtzentrum, wo sich Schaufenster an Schaufenster reiht. Hell erleuchtete

Schaufenster von Modeboutiquen und Schuhläden. Gehwege voller Menschen, die an diesem Samstagnachmittag aus ihren Wohnungen gekommen sind, um in die Videothek zu gehen oder Lebensmittel einzukaufen oder sich die Beine zu vertreten, und die danach wieder in ihr Loch kriechen. Er sucht den Kirchturm, den man vom Tal aus gesehen hat, und das Hochhaus, das sich nun kaum von den anderen unterscheidet.
Er überlegt, wo er übernachten könnte, falls er überhaupt übernachten will. Es wäre unvorsichtig, die Nacht in dieser Stadt zu verbringen.
Er fährt eine lange, abschüssige Straße hinunter. Es ist dieselbe Straße, auf der er vor zwei Tagen dem Mann, den er am Bahnhof getroffen hatte, gefolgt war. Er hat das Gefühl, als wären tausend Jahre vergangen. Da ist auch die Bank mit dem Geldautomaten und die kleine Bar. Er fährt weiter hinunter und kommt an das Ende der Straße; an den Bahnhof am Meer.
Die Schranke ist offen. Er fährt langsam über die Gleise, ohne zu schauen, und stellt den R4 auf den Parkplatz vor dem Bahnhof.
Hinter dem Asphalt des Parkplatzes beginnt bereits der Strand. Vier Boote liegen mit dem Kiel nach oben, der Imbiss ist geschlossen. Millionen Fußspuren sind auf dem breiten, ausgewaschenen Strand, ohne Felsen oder irgendeine andere Abwechslung, ein trockenes Meer, fest und öd, eine grenzenlose Wüste, genauso grenzenlos wie die Städte am Meer oder die Promenaden mit den

Hochhäusern, die die Sicht auf die Berge versperren. Eine lineare Stadt, die bis Barcelona reicht und von der Barcelona ein Teil ist, die sich danach fortsetzt, voller Wohnungen und Häuser und Menschen. Die Städte gehen ineinander über wie all die ununterscheidbaren Fußspuren.

Die Wellen sind grau, grob und wenig präzise. Ein fetter Mann mit den Händen in den Taschen geht mit seinem Hund spazieren. Man kann die Mündung des Baches als braunen Fleck im Meer erkennen.

Er spaziert durch den nassen Sand am Wasser entlang. Wenn er an der Küste weitermarschieren würde, von Bahnhof zu Bahnhof, käme er wie der Zug in seine Heimatstadt.

Als er zum Parkplatz zurückkehrt, sieht er von Weitem, mit dem Scheinwerfer in der Mitte, einen Zug nahen. Der Zug erinnert an einen am Strand entlangrasenden Satz, in Weiß und Rot geschrieben, mit Worten voller Fahrgäste.

Er lässt das Auto an. Ein rotes Lämpchen mit dem Bild einer Zapfsäule leuchtet am Armaturenbrett. Wer weiß, wie lange er gefahren ist, ohne es zu bemerken.

Die Tankstelle liegt an der Durchgangsstraße im Stadtzentrum. Die Autoschlange reicht fast bis zur Einmündung. Er wartet bei laufendem Motor, bis er an der Reihe ist. Er kommt mit dem R4 neben einer Zapfsäule zum Stehen, die schwar-

zen Schläuche hängen von den Griffen herunter wie dünne Arme.
Der Tankstellenshop ist hell erleuchtet. Neben der Tür steht ein Zeitungsständer. Gratisblätter und Tageszeitungen, die man jetzt am Abend noch loswerden muss. Er wirft einen Blick auf die Titelseiten. Er sieht zum ersten Mal das Bild des Malers. Ein weißhaariger, lächelnder Mann in einem weißen, kurzärmeligen T-Shirt. Dünne Arme, runzliges Gesicht. Wer weiß, aus welchem Sommer die Aufnahme stammt. Das Bild des Malers zeigt ihn an einem Punkt des Alterns, der schon auf die endgültige Veränderung hinweist, die ihn in kurzer Zeit zum Friedhof bringen kann. Neben dem Maler ist ein Foto des roten Gemäldes. Es wirkt größer, als es in Wirklichkeit ist. Das Portrait des toten Sohnes neben dem des Malers sieht aus wie ein Selbstbildnis aus seiner Jugend.
Im Shop verkaufen sie alles. Es gibt Kekse, Getränke, Öl, CDs, Eis, Kondome, Zigaretten, Schokolade ... Alles angestrahlt, damit es frisch und neu aussieht.
Die Kassiererin ist jung, groß, mit langen Haaren, sie trägt einen weißen, eng anliegenden Kittel. Auch sie wird angestrahlt. Der Kunde vor ihm will weiter mit ihr quatschen, doch sie reckt den Hals, schaut über ihn hinweg und fragt:
»Wie viel wollen Sie?«
»Fünfzig.«
Sein Vordermann hat sich kein bisschen bewegt. Er streckt die Hand aus und reicht ihr die Kredit-

karte und den Personalausweis. Mit dem Zweitagebart, mit der Art, wie seine Haare gekämmt sind, und der feinen Kleidung ähnelt er kaum dem Bild auf dem Ausweis.

»Also gut, meine Liebe«, sagt der Kunde vor ihm.

Die Frau wendet sich der Kreditkartenmaschine zu, mit den vielen Tasten und dem schwarzen Spiralkabel zur Telefonsteckdose. Der Kunde vor ihm richtet seinen Blick auf den Hintern der Frau. Sie zieht die Karte durch. Es gibt Probleme. Die Maschine akzeptiert seine Karte nicht. Sie zieht sie ein weiteres Mal durch. Wieder nicht. Und noch einmal.

»Heute hat sie wohl Schwierigkeiten«, sagt sie, ohne sich umzudrehen. »Samstags um diese Zeit kaufen alle ein.«

Sie probiert es noch ein letztes Mal und dreht sich dann um:

»Sie akzeptiert sie nicht.«

Der andere Kunde macht eine Handbewegung und sagt:

»Pass auf dich auf.« Und geht.

Der Mann öffnet die Brieftasche und holt eine weitere Kreditkarte heraus.

»Mal sehen, ob es mit der geht.«

Doch auch mit der klappt es nicht. Er macht einen letzten Versuch mit der dritten Kreditkarte. Aber es wäre seltsam, wenn seine Frau zwei Karten gesperrt hätte und die dritte nicht.

Er hat noch ein paar Münzen in der Tasche. Für ein bisschen Benzin würde es reichen.

»Tut mir leid«, sagt die Kassiererin mit einem etwas zu breiten Lächeln. »Eigentlich kommt so was nicht vor.«
Vielleicht versucht sie, es herunterzuspielen. Vielleicht entschuldigt sie sich auch, denn wenn man eine gestohlene Kreditkarte einbehält, bekommt man von der Bank eine Prämie. Drei Kreditkarten sind ein klarer Hinweis. Wer weiß, was sie denkt. Ihre Liebenswürdigkeit kann von der Angst herrühren oder auch von einer Sympathie für ihn. Sie lächelt, entschuldigt sich. Er wird es nie erfahren.
»Dann nicht«, sagt er. »Ich habe kein Bargeld.«
Auf der Ladentheke neben den Bonbons, Kaugummis und Lutschern ist ein Ständer mit gelben Landkarten. Das letzte, was er jetzt kaufen würde, ist eine Landkarte.
Er weiß genau, wie man aus der Stadt herauskommt.
Er fährt unter der Landstraße durch.
Er will zurück ins Tal.

Eine Kugel aus hellem Stahl. Das Pendel, das einen erschlägt, wenn man die Augen nicht schließt. Die Februarsonne abends um halb sechs. Der Himmel ist fahl geworden, weil das Licht sich verdichtet. Es schmilzt nicht und es verschwindet nicht; es zieht sich zusammen, begrenzt sich, spitzt sich zu. Es wird so dünn, dass es die Blätter durchdringt. Es ist so fein, dass es an den Wänden und an der Wetterseite der Bäume hängen bleibt.

Es wetzt das Messer, schert die Landschaft. Hügel, Bäume, Häuser. Es schärft die Schattenkanten, rasiert die Umrisse glatt. Poliert die Farbhaut. Es mäht mit der Sense über die grünen Felder. Es leert Kohle in das Gebiss des Steinbruchs. Es bekritzelt den Weg. Es bearbeitet das Holz des konischen Berges mit dem Hobel. Es glasiert die Plastikgewölbe der Treibhäuser.

Ein horizontales Licht wie eine Lanze.

Es kündigt eine gewaltige Dämmerung an.

Die starken Bäume stehen unbeweglich, doch die mit zartem Stamm zittern an ihren höchsten Zweigen. Das Schilf am Bach bewegt sich in Wellen. Hin und her. Als versteckte sich jemand darin. Die Stille hält alles in der Schwebe. Tiere und Menschen haben sich zerstreut.

Er fährt entschlossen. Ohne die Rauchschleier sehen die Felder des Bauern nicht nackt, sondern tot aus.

Er passiert den Pfad zum Haus des Alten, erreicht die Abzweigung zum Autofriedhof. Er biegt jedoch nicht ab, sondern fährt weiter in Richtung Autobahn.

Er nimmt den Weg, der parallel zur Autobahn verläuft. Der Weg steigt an. Unten sieht er den Autofriedhof liegen. Die bunten Autodächer, die Hütte mit dem Eternitrohr als Schornstein, rauchend. Er schaut genau hin. Der Mercedes ist nicht da.

Nur wegen dieses konzentrierten Lichtes, das von vorne kommt, fährt er langsam, sonst wäre er hinter einer Kurve auf das Hinterteil des Pferdes auf-

gefahren. Ein großes, junges Pferd, ein prächtiges Pferd, stattlich, mit grau glänzendem Fell, auf dem ein Junge reitet. Eine Erscheinung. Es ist das Pferd, das er vorhin auf dem Autofriedhof gesehen hat.
Der Junge blickt sich kurz um, aber der Weg ist zu schmal, als dass Auto und Pferd aneinander vorbei passten. Vielleicht sieht der Junge den Fahrer nicht. Das Gegenlicht liegt auf der Windschutzscheibe wie eine Metallplatte.
Auch das Pferd dreht einen Moment seinen Kopf. Sein Auge ist groß und schwarz. Ein Brunnen voller Misstrauen. Aber es hält nicht an. Es hebt die Hinterhufe abwechselnd, zeigt die dunklen Hufeisen, einmal das eine, dann das andere, es wird nicht nervös, passt die Haltung seines geraden Halses und des gehobenen Mauls seinem Gang an, in einem sicheren, eleganten Rhythmus. Nicht, dass es dem Auto traut, es vertraut dem Reiter.
Der Fahrer fährt ganz langsam hinter ihnen her. Das horizontale Licht breitet ein glattes Seidentuch auf der Kruppe des Pferdes aus, kämmt seine grauen, deutlich aufscheinenden Haare, trennt sie einzeln voneinander und taucht die Mähne, den Schwanz in ein Silberbad. Es sieht aus, als trüge das Pferd eine Rüstung, nein, keine Rüstung, einen Heiligenschein.
Die Locken wehen um den Kopf des Jungen. Die Mähne des Tieres hängt locker am Hals hinunter. Der Schritt des Pferdes ist leicht, die Hufeisen hinterlassen Spuren auf dem Boden.

Der Weg wird breiter, und der Junge zieht am Zügel. Das Pferd dreht den Kopf. Das Stück Zügel, das ihm aus dem Maul hängt, ist nass vom Speichel. Sie treten etwas beiseite, um das Auto vorbeizulassen.
Doch der Mann hält neben ihnen an.
Er kurbelt das Fenster herunter und sagt zu dem Jungen:
»Du und ich, wir kennen uns.«
Das Pferd krümmt sich wie ein Aal, es drängt sich so weit wie möglich an die Böschung, bis es mit dem Bauch die Baumstämme berührt.
Der Fahrer lässt nicht locker:
»Kennst du dieses Auto nicht?«
Der Junge nickt.
»Wo ist dein Vater?«
Der Junge zuckt mit der Achsel.
»Ich weiß nicht.«
Das Pferd schnaubt. Es ist nervös, das Auto macht ihm Angst. Die Ohren zeigen auf den Punkt, auf den sein Blick gerichtet ist. Es hat angefangen zu schwitzen. Das Fell glänzt. Der Junge lehnt sich nach vorne und tätschelt seinen Hals.
Er ist nicht gekommen, um in diesem Tal festzusitzen. Er ist gekommen, um sich zu verabschieden. Sie sind wie eine Familie, der Großvater und die Kinder. Aber es ist nicht seine Familie.
»Ich habe eine Kapelle gesehen. Wie kommt man da hinauf?«
Der Schweißgeruch dringt bis ins Auto. Das Pferd zieht an den Zügeln. Am Hals quellen die Adern

hervor wie das Relief eines Flusses, wie aufquellende trockene Äste unter der Haut.
»Fahr hinter uns her.«
Er lässt die Zügel locker. Das Pferd schnaubt und trabt los. Der Junge sitzt ruhig wie angeklebt im Sattel. Sein Körper ist entspannt. Er stellt sich nicht in die Steigbügel. Er lässt sich gehen und ist eins mit dem Pferd.
»Du weißt nicht, wie Freiheit sich anfühlt, bevor du nicht auf ein Pferd gestiegen bist«, hatte ihm einmal ein Gast gesagt.
»Freiheit?«, hatte er erstaunt gefragt. »Auf dem Rücken eines Tieres? Mit den Füßen in einer Art Metallring?«
Es kommt eine gerade Strecke. Der Junge drückt seine Fersen in den Bauch des Pferdes. Das Pferd hebt die Vorderbeine. Der Reiter lehnt sich zurück und das Pferd fällt in den Galopp. Es wirbelt Sand auf, bereits getrocknete Erdkrumen, die auf den R4 rieseln, auf die Motorhaube. Das Pferd galoppiert, als trüge es niemanden auf seinem Rücken, und der Junge sitzt darauf, als hätte er kein Pferd unter sich.
Der Weg ist voller Schlaglöcher und Pferd und Reiter sind im Vorteil. Sie biegen um eine Kurve und entschwinden seinem Blick.
Nach der Kurve sieht der Fahrer den Jungen auf dem Pferd an einer Kreuzung warten. Der Junge zeigt ihm den Weg.
Er hupt. Das Pferd wird steif, macht einen Sprung und bleibt ruhig stehen. Der Junge klopft kurz

zärtlich auf seinen Hals, lässt die Zügel locker und sie galoppieren los.
Bevor er in den Weg einbiegt, den der Junge ihm gezeigt hat, schaut der Mann dem Pferd nach, wie es davonprescht, in gestrecktem Galopp, als würde es fliegen, bis er die beiden schließlich aus den Augen verliert.
Der Weg führt unter der Autobahn durch. Dann beginnt ein steiler Hang, voller ausgewaschener Rinnen, der zur Kapelle hinaufsteigt. Der R4 ist leicht, so leicht, dass die Räder immer wieder ins Rutschen kommen.
Die Kapelle liegt da wie eine weiße Katze auf dem Bauch, eine entrückte, aufmerksame Katze beim Entziffern der Landschaft.
Auf der Bergkuppe ist die Kapelle allen vier Winden ausgesetzt. Sie hat den ganzen Tag das Sonnenlicht geschluckt, die Mauern sind vollgesogen. Dies ist das letzte Licht, das der Tag verliert.
Die Kapelle überblickt das Meer. Unterhalb des Glockenaufsatzes ist quer in die Fassade ein ovales Fenster eingelassen. Er parkt das Auto davor. Der Mond schwebt am Himmel wie ein erloschener Widerschein der Sonne.
Die Tür ist mit einer Kette zugesperrt. Im Holz ist ein Guckloch, doch das Innere ist zu dunkel, um etwas zu erkennen. Die dunkelblauen Ornamente des Kirchenfensters sind schmutzig.
Er setzt sich unter dem Vorbau auf die niedrige Steinbank. Die Zeit scheint angehalten. Kein Laut dringt bis hier nach oben. Die Landstraße ist ver-

stummt, die Autobahn, die Stadt in der Ebene. Alles ist still.
Auch innen Stille. Kahle Wände. Echos. Eine Kapelle für die Fischer, von den Booten aus deutlich zu sehen. Ein zweiter Leuchtturm. Bei einem Schiffbruch konnten die Fischer die Kapelle zum Greifen nah sehen, eine Kirche auf festem Boden, die auf sie schaute. Immer wieder sind sie in Wallfahrten und Prozessionen hier hochgezogen. Sollte ein unglücklicher Sturm, ein Fall ins Wasser ihnen das in Zukunft verwehren? Sollte das blaue Himmelslicht sie richten? Die Fischer legten Gelübde ab. Sie versprachen, auf Knien den Berg hinaufzurutschen.
Warum bin ich eigentlich hierher gefahren? Ich habe alles aufgegeben. Ich habe mit einem Stein auf den Kopf eines Mannes eingeschlagen. Was will ich hier oben?
Am Fuß des Berges auf der anderen Seite der Autobahn kehren der Junge und das Pferd nach Hause zurück. Sie bewegen sich mühelos, wie von einer Schnur gezogen, und verschwinden unter ein paar schwarzen Baumkronen.
Unten am Anfang des Weges streckt eine kahle Pappel ein verkrampftes Handskelett in den Himmel, eine hochgewachsene Pappel. Ihre dünnen Zweige, steif geworden, breiten sich wie ein Spinnennetz aus und sticken schwarze filigrane Fäden in das Luftgewebe. Efeu umrankt ihren Stamm, klettert hoch wie eine Schlange, himmelwärts.
Die Sonnenkugel sackt durch.

Sie fällt leise hinter die Berge.
Kleinere Bergketten, sich ins Meer reckende Arme. Walrücken, Hügel, gekrönt von einer still stehenden Baumprozession; Bäume als Parasiten des Kamms, schwarze Pinien, lila Steineichen, kleine Silhouetten mit menschlichem Antlitz, Grenzposten, die die Abhänge bewachen.
Für einen Augenblick wird die Sonne noch einmal hinter den Bergen aufflackern.
Am Himmel schwimmen dicke Wolken. Eine Schaumschicht auf einem umgekehrten Meer. Umgepflügte Wolken unter einem durchsichtigen bewegungslosen Wasser, Sand vom Grunde des Meers. Auf der Welt leben nun stumme, unsichtbare, nicht existierende Fische.
Das Verschwinden der Sonne hat den Bergen die Farbe zurückgegeben. Die vorderste Hügelkette ist am dunkelsten. Sie sieht aus wie der Ärmel eines bräunlichen Wollpullovers. Die zweite ist dichter, aber etwas heller. Die dritte Bergkette besteht aus einer Mischung aus Mehl- und Silbergrau, denn das Licht fließt seitlich durch einen Korridor zwischen den Bergmassiven. Die Bäume sind nicht mehr sichtbar. Eine vertikale Membran lässt sie eins werden mit der Haut des Berges.
Die Wolken sind Stein geworden. Rosen aus rosafarbenem Marmor, leuchtende Bäuche aus einem glühenden Rosa, violette Watte an den Rändern, mit Blut bespritzt, rosagewellte Kaninchenhaut. Ein rosarotes Feuer. Flammen aus rosafarbenem Stein.

Die Nadel eines Flugzeuges ratscht am Himmel entlang. Die feine Linie wird breiter, fransig und löst sich schließlich auf.
In der Ebene bereitet sich die Stadt auf die Nacht vor. Die ersten Lichter blitzen auf. Die Straßenbeleuchtung geht an. Auf den Plätzen sprühen die Lichterketten Funken. Die Laternen ziehen Linien auf den Gehsteigen an beiden Seiten des Boulevards, reihen sich entlang der Landstraße. Der einsame Ring eines abgelegenen Hauses flackert am dunklen Berghang.
Und dann verschwimmen die Wolken, das Rosa wird flau und erlischt, die Himmelsfläche wird weich, Ränder tauen auf, Umrisse entziehen sich, die Linien verflüchtigen sich und die Dunkelheit zerfließt.
Die Grenzen zwischen Himmel und Erde verlieren sich.
Alles ist schwarz.
Erloschen die Flamme des Tages, jetzt bleibt die Glut, ausgestreut neben dem Meer. Die Stadt fließt weiter, wie ein Stausee aus Lava mit irisierenden Steinen, die sich von den Hügeln hinunter durch den Bach gewälzt und die Ebene aufgefüllt hat, bis an den Rand des Meeres.
Auf einigen Berghängen liegen Glutreste. Die glühende Asche der Wohngebiete, die flackernden Funken der Laternen auf den dorthin führenden Straßen ... Die beiden Scheinwerfer eines hochfahrenden Autos, zwei einsame Augen eines verirrten Nachttieres.

Auf dem Autofriedhof ist ein Licht angegangen. Man sieht wieder Rauch aus dem Eternitrohr aufsteigen. Das höchste Gebäude der Stadt ist jetzt mit deutlichen Lichttupfen übersät, der Kirchturm angestrahlt. Eine alte Mauerkrone auf einem der Berge kann man noch erkennen. Die Augen haben sich inzwischen an die Dunkelheit gewöhnt. Man kann das Loch des Steinbruchs erahnen. Neben dem Hügel schlängelt sich der Bach fast unsichtbar durch das Schilf. Die Weinberge treten aus der Dunkelheit hervor. Leben, winzig und gelb, kehrt in das kleine Haus des Alten zurück. Die Brücke ist da, mit der Autobahn und den darauf fahrenden Autos. Ihre Scheinwerfer sind eingeschaltet, offensichtlich fahren sie nicht allzu schnell. Einer setzt den Blinker und überholt. Die nächtliche Straße würde auch ihn in seine Heimatstadt zurückbringen.

Man hört, sehr weit entfernt, den Zug. Jetzt sieht er ihn. Vielleicht war er ein Fluch und keine Rettung. Die Wagen folgen der geraden Linie entlang des Strandes. Der Zug, winzig wie ein Wurm, zieht von innen leuchtend durch die Ebene.

Er blitzt auf und erlischt. Er verschwindet, um von Neuem aufzutauchen.

Dreimal, zweimal, Dunkelheit.

Die weiße, aufleuchtende Kapelle.

Er lässt das Auto an. Das rote Lämpchen mit dem Bild der Zapfsäule erscheint am Armaturenbrett.

Er fährt bis zum Weg.
Als er am Steilhang ist, kuppelt er aus und stellt den Motor ab, um Benzin zu sparen.
Der R4 rollt von alleine hinunter. Der Fahrer tut nichts, er hält nur das Lenkrad. Das Auto wird immer schneller, der Weg fällt scharf ab. Kein Gang bremst das Fahrzeug. Es springt über die unregelmäßigen Rinnen, die das Wasser auf dem Weg hinterlassen hat. Er kann nicht bremsen, das Auto ist leicht und der Weg nicht asphaltiert. Er versucht es, doch die Räder greifen nicht, rutschen.
Er schlingert zwischen den nächtlichen Bäumen hindurch, die Schnauze des Autos zeigt nach unten, die Scheinwerfer leuchten fächerförmig nur den Boden direkt vor ihm aus. Er hat die Autobahn vor seiner Nase, er wird abstürzen, er nimmt den Fuß vom Pedal, lässt sich vom Auto tragen, er schließt kurz die Augen. Das wäre ein Ende.
Er legt den Gang ein, um das Auto abzubremsen.
Der Motor springt an, aber das Auto rast weiter.
Der Motor dreht auf. Es nützt nichts. Er kann es nicht halten.
Es schießt wie eine Rakete unter der Autobahn hindurch.
Endlich, der Steilhang ist zu Ende.
Zu dieser Stunde fährt hier niemand.
Der Junge ist zu Hause. Das Pferd im Stall.
Er hat das Auto wieder unter Kontrolle.
Nun fährt er ohne Eile. Er schaltet die Heizung aus, denn er ist schweißüberströmt. Er fährt ganz ruhig, wie es zu dieser Nacht passt.

Er schreckt nicht auf, als das Handy klingelt.
Er kennt den Ton von vorgestern. Es ist ihr Handy.
Er muss nicht das Lämpchen am Dach anmachen, um es zu sehen. Die Tasten und das Display leuchten auf dem Boden vor dem Beifahrersitz.
Er hält an, nimmt das Handy. Er kann abnehmen oder auch nicht.
Schweigen, dann hört er ihre Stimme.
»Ich habe ihn verlassen ...« Er vernimmt ein elektronisches Piepsen, das die Einheiten zählt. Sie ruft aus einer Telefonzelle an. »Antworte bitte ... Hörst du mich? Ich habe ihn verlassen ...«
»Ich bin ohne Geld«, sagt er. »Ohne Benzin.«
Die Frau hat das Handy nicht vergessen. Sie hat es absichtlich im Auto gelassen, damit sie ihn anrufen kann.
Er steigt aus.
Der Strahl des Leuchtturms sticht in das Tal.
Er stellt sich so, dass er den Leuchtturm im Rücken hat.
»Hol mich bitte ab«, sagt sie. »Ich stehe an der Straße.«
»Sag mir, wo du bist.«
»Ich werde unter der Brücke der Landstraße auf dich warten, am Eingang der Stadt. Das ist nicht weit von hier.«
Er schaltet das Handy nicht aus und wirft es weit weg, in Richtung Bach. So weit er kann. Es fliegt mit leuchtendem Display über das Gebüsch.

Er fährt völlig entspannt. Das Tal wird breiter, es mündet ins Meer. Für ihn ist es das letzte Mal. Er wird zum Bahnhof fahren, dort wird er in einen Zug steigen. Oder er wird mit diesem alten Auto in Richtung Norden fahren. Es ist egal, wohin. In ein Dörfchen. In Frankreich. Es spielt keine Rolle.

Er macht das Radio an, sucht ein Lied, das er kennt. Er dreht auf volle Lautstärke und pfeift die Melodie mit.

Als er unter der Brücke der Landstraße hindurchfährt, sieht er sie dort stehen, aufrecht, blass. Vor ihr ein Koffer. Sie wartet auf ihn.

Er fährt nicht schneller, aber er bremst auch nicht. Er fährt einfach vorbei.

Er biegt ab auf die Landstraße, auf die andere Seite des Hügels, dorthin, wo der Leuchtturm steht. Er umrundet den Hügel auf der Meerseite. Dann verlässt er die Landstraße und nimmt den Weg zum Leuchtturm hinauf.

Er parkt das Auto hinter dem weißen Mercedes.

Er läuft auf die Gebäude zu und hört Stimmen im Haus des Malers. Die warm erleuchteten Fenster. Eine Wiedersehensfeier.

Der Alte hat sie nicht angezeigt. Um das Bild wiederzubekommen? Um es zurückzugeben?

Haben sie es beschützt?

Er geht, nicht aus Neugier, auf das Haus zu.

Der Leuchtturm, die Palme. Das Haus voller Gemälde. Die Rutschbahn und die Schaukel im Garten. Das Schaf im Haus. Das Bildnis des Jungen.

Er streicht mit dem Zeigefinger über den Klingelknopf. Es ist nicht sein Haus. Er kehrt zum Auto zurück.
Er lässt den Motor an. Legt den Rückwärtsgang ein. Schaut in den Rückspiegel. Tritt das Pedal durch.
Aber er kann nicht wenden.
Das Auto erstickt, macht einen kurzen Ruck und geht aus.
Er nimmt die Hände vom nassen Lenkrad. Die Wunde an der Hand blutet wieder.
Der Tank ist leer.

1. Auflage 2008

www.a1-verlag.de

Satz: Fotosatz Kretschmann GmbH, Bad Aibling
Litho: Kochan & Partner GmbH, München
Typographie, Umschlagentwurf und Gestaltung: Konturwerk, Herbert Woyke
Titelabbildung: »Sidewalk at Night«, Foto von Andreas Stirnberg/getty images
Druck und buchbinderische Verarbeitung: CPI – Ebner & Spiegel, Ulm
Papier Innenteil: 90 g/m² Schleipen Werkdruck bläulich weiß
Papier Schutzumschlag: 135 g/m² Bilderdruck weiß hochglänzend
Überzug: 115 g/m² Surbalin gerippt oliv von Peyer
Papier Vor- und Nachsatz: 135 g/m² Surbalin Linea maisgelb von Peyer
Gesetzt aus der 10,5/14,1 Punkt Minister light
Printed in Germany
ISBN 978-3-940666-05-5

Die katalanische Originalausgabe erschien unter dem Titel »Rodalies«

institut ramon llull
Katalanische Sprache und Kultur

Die Übersetzung aus dem Katalanischen
wurde unterstützt vom Institut Ramon Llull, Barcelona.